J.-H.
Rosny aîné

Vamireh

Roman
des
temps primitifs

I
La nuit belliqueuse

C'était il y a vingt mille ans.

Alors le pôle nord se tournait vers une étoile du Cygne.

Sur les plaines de l'Europe le Mammouth allait s'éteindre, pendant que s'achevait l'migration des grands fauves vers le pays de la Lumière, la fuite du renne vers le Septentrion, L'Aurochs, l'Urus, le Cerf élaphe paissaient l'herbe des forêts et des savanes. L'Ours colosse avait trépassé depuis des temps immenses au fond des Cavernes.

Alors les Hommes d'Europe, les grands Dolichocéphales s'étendaient de la Baltique à la Méditerranée, de l'Occident à l'Orient. Habitants des cavernes, plus intimes que leurs ancêtres de l'âge du Solutré, mais toujours nomades, leur industrie déjà fut haute et leur art attendrissant. Esquisses tracées au frêle burin, timides mais fidèles, c'est la lutte du cerveau vers le rêve, contre la brutalité des appétits. Plus tard, lorsque viendra l'invasion asiatique, l'art décroîtra et tel charmant type d'industrie ne se retrouvera qu'après de longues périodes.

Or, c'était à l'Orient méridional, dans la saison du renouveau, vers les deux tiers de la nuit. Dans la lueur cendreuse d'une grande vallée retentissaient les voix des bêtes carnivores. Un fleuve, dans les intervalles de silence, chantait la vie des fluides, l'euphonie des ondes ; les aulnes et les peupliers répondaient en chuchotis, en harmonies intermittentes. L'étoile Vénus s'enchâssait dans le Levant. La théorie des constellations immortelles apparaissait entre les nues vagabondes, Altaïr, Wéga, les Chariots contournant avec lenteur la Polaire du Cygne.

Tandis que la vie palpitait dans les Ténèbres, féroce ou peureuse, ruée aux fêtes et aux batailles de l'Amour ou de la nourriture, une pensée vint s'y joindre. À la rive du fleuve, au rebord d'un roc solitaire, une silhouette sortit de la Caverne des Hommes. Elle se tint immobile, taciturne, attentive aussi, les yeux parfois levés vers l'Étoile du Levant. Quelque rêve vague, quelque ébauche d'esthétique astrale préoccupait le veilleur, moins rare chez ces ancêtres de l'Art qu'en maintes populations historiques. Une santé heureuse palpitait dans ses veines, l'haleine nocturne charmait son visage, il jouissait sans crainte des rumeurs et des calmes de la nature vierge, dans la pleine conscience de sa force.

Cependant, sous l'étoile Vénus, il transparut une lueur fine. Le boomerang de la Lune s'esquissa, des rais allèrent sur le fleuve et les arbres, parsemés d'ombres très longues. L'homme alors découpa sa forme de haut chasseur, les épaules couvertes du manteau d'Urus. Sa face pâle, peinte de lignes de minium, était large sous le crâne long et combatif. Sa sagaie à pointe de corne appendait de guingois à sa taille, il tenait à la main droite l'énorme massue de bois de chêne.

Au frôlement des rayons, le paysage entra dans une existence moins farouche. Dans les peupliers, des vibrations d'élytres blanches ; des coins de paradis entrouverts sur la plaine ; une palpitation visible des choses, une timide protestation contre les férocités de l'ombre. Les voix même décrurent, la bataille moins ardente aux profondeurs de la forêt voisine, les grands fauves repus d'amour et de sang.

L'homme, las d'immobilité, marcha le long du fleuve du pas élastique d'un poursuiveur de proie. À quinze cents coudées, il s'arrêta, au guet, la sagaie prête à hauteur du front. Il vint, sur le bord d'un bosquet d'érables, une silhouette agile, un grand cerf élaphe à dix cors.

Le chasseur hésita, mais la tribu devait être pourvue de chair en abondance, car, dédaignant la poursuite, il regarda s'éloigner la bête, ses pattes grêles, sa tête projetée en arrière, tout le bel organisme de course lancé dans les lueurs rougeâtres :

– Llô ! Llô ! fit-il, non sans sympathie.

Son instinct lui prédisait une approche d'ennemi fauve, quelque puissant félin en chasse. Effectivement, une demi-minute après, un léopard surgit d'arrière le roc des Troglodytes, lancé en foudre, en bonds immenses. L'homme alors apprêta la sagaie et la massue, attentif, les narines au vent, les nerfs en tumulte. Le léopard passa comme une écume sur le fleuve, effacé bientôt dans les perspectives. L'oreille délicate du chasseur perçut plusieurs minutes encore sa course sur la terre molle.

– Llô ! Llô ! répéta-t-il, légèrement ému, dans une pose de défi grandiose.

Des minutes coulèrent, les cornes du Croissant déjà plus nettes ; des bestioles frôlaient les buissons de la rive ; de grands batraciens chantaient sur les plantes fluviatiles. L'homme savoura la simple volupté de vivre devant le luxe des grandes eaux, les pleuvotements des ombres et des clairs, puis il s'éloigna de nouveau, aux écoutes, son œil accoutumé aux pénombres épiant les embûches de la nuit !

– Hoï ? murmura-t-il d'une voix interrogative et en se réfugiant dans l'ombre d'un buisson.

Un bruit de galop, vague d'abord, se rapprochait, se précisait. Le cerf élaphe reparut, aussi rapide mais moins précis dans sa fuite droite, en sueur, le souffle bref et trop sonore. À cinquante pas, le léopard, sans lassitude, plein de grâce, déjà victorieux.

L'homme s'étonnait, ennuyé de la prompte victoire du carnassier, avec une envie croissante d'intervenir, lorsque survint une péripétie redoutable. C'était, là-bas, à l'orée des érables, en plein dans la lueur lunaire, une silhouette massive, en qui, au profond rugissement, au bond de vingt coudées, à la lourde crinière, l'homme reconnut la bête presque souveraine : le Lion. Le pauvre cerf élaphe, fou d'épouvante, fit un crochet brusque et gauche, se replia, soudain se trouva sous les griffes tranchantes du léopard.

Une lutte brève, farouche, le sanglot du cerf agonisant et le léopard se tenait immobile, effaré : le lion approchait à pas tranquilles. À trente pas, il fit halte, avec un rauquement, sans se raser encore. Le léopard quaternaire, de taille haute, hésita, furieux de l'effort fait en vain, songeant à risquer la bataille. Mais la voix du dominateur, plus haute, trembla sur la vallée, sonnant l'attaque, et le léopard céda, s'en fut sans hâte, avec un miaulement de rage et d'humiliation, la tête fléchie vers le tyran. Déjà l'autre déchirait l'élaphe, dévorait par larges pièces cette proie volée, sans souci du vaincu qui continuait la retraite en explorant les pénombres de ses yeux d'or-émeraude. L'homme, rendu prudent par le voisinage du lion, s'abritait scrupuleusement dans sa retraite feuillue, mais sans terreur, prêt à toute aventure.

Après quelques instants de dévoration furieuse, le fauve s'interrompit : du trouble, du doute parurent dans toute son attitude, dans le frisson de la crinière, sa scrutation angoisseuse. Soudain, comme convaincu, il saisit l'élaphe vivement, le jeta sur son épaule et se mit en course. Il avait franchi quatre cents coudées, lorsque émergea, presque à l'orée où naguère lui-même était apparu, une bête monstrueuse. Intermédiaire d'allure et de forme entre le tigre et le lion, mais plus colossale, souveraine des forêts et des savanes, elle symbolisa la Force, là debout sous les lueurs vaporeuses. L'homme trembla, ému au plus profond de ses entrailles.

Après une pause sous les frênes, l'animal prit la chasse. Il alla comme le cyclone, franchissant les espaces sans effort, poursuivant le lion en fuite vers l'Ouest, tandis que le léopard, arrêté, regardait la scène. Les deux silhouettes décrurent, s'évaporèrent ; l'homme songea de nouveau à quitter sa retraite, car le léopard l'inquiétait peu, lorsque la scène se compliqua : le lion revenait en oblique, ramené par quelque obstacle, mare ou crevasse.

L'homme ricana, raillant la bête de n'avoir pas mieux calculé sa fuite, se rencoigna, car les colossaux antagonistes arrivaient presque droit sur lui. Seulement, retardé par le détour et le poids de l'élaphe, le fuyard perdait du terrain. Que faire ? Le chasseur inspecta l'alentour : pour atteindre quelque peuplier il fallait bondir à deux cents coudées, et, du reste, le Felis Spelaea gravissait les arbres. Quant au roc des Troglodytes, c'était dix fois cette distance : il préféra braver l'aventure.

Son hésitation fut brève. En deux minutes, les fauves atteignaient les abords de sa retraite. Là, voyant la fuite vaine, le lion laissa couler l'élaphe et attendit. Ce fut une trêve, un arrêt similaire à celui de tantôt, alors que le léopard tenait la proie. Tout autour, le silence, l'heure annonciatrice, l'heure où les nocturnes vont s'endormir et les diurnes revivre à la lumière. Une lueur de songe, des cimes d'arbres noyées dans des laines pâles, des bandes de gramens tremblotants de toutes leurs lancettes à l'haleine hésitante du Couchant, et, sur tout le pourtour, le vague, le confus, l'embuscade de la nature faite de frontières arborescentes, de détroits, de bandes soyeuses de ciel.

En haut, les veilleuses stellaires, le psaume de la Vie éternelle.

Sur un tertre, le Felis Spelaea découpé sur les rais lunaires, son haut profil de dominateur, sa crinière retombant sur un pelage tavelé de panthère, son front plane et ses mâchoires proéminentes, jadis roi de l'Europe chelléenne, maintenant au déclin, réduit à des bandes étroites de territoire. Plus bas le lion, le souffle rauque, les flancs en tumulte, sa griffe lourde posée sur l'élaphe, hésitant devant le colosse comme naguère le léopard devant lui, une phosphorescence de crainte et de colère entremêlées dans ses prunelles. Dans la pénombre, déjà harmonisé au drame, l'Homme.

Un rugissement voilé plana, le Spelaea secoua sa crinière et commença de descendre. Le lion, en recul, les dents découvertes, lâcha la proie deux secondes, puis, au désespoir, son orgueil fouetté, il revint avec un rugissement plus éclatant que celui de son adversaire, remit la griffe sur l'élaphe. C'était l'acceptation de la lutte. Malgré sa force prodigieuse le Spelaea ne répondit pas tout de suite. En arrêt, replié, il examinait le lion, jaugeait sa force et son agilité. L'autre, avec la fierté de sa race, se tenait debout, tête au vent. Un second rugissement de l'agresseur, une réplique retentissante du lion, et ils se trouvèrent à un seul bond de distance.

– Llô ! Llô ! chuchota l'homme.

Le Spelaea franchit la distance, sa griffe monstrueuse se leva. Elle rencontra les ongles de l'adversaire. Deux secondes, la patte rousse et la patte ocellée se firent face, dans la trêve finale. Puis l'attaque, un emmêlement de mâchoires et de crinières, des rauquements farouches, tandis que le sang commençait à couler. D'abord le lion plia sous l'assaut formidable. Dégagé bientôt, d'un saut transverse il mena une attaque de flanc, et la bataille devint indécise, l'élan du Spelaea amorti. Alors, la frénésie des organismes, les secousses de muscles géants, l'indécision de forces éperdues en résultantes fausses, le fourmillement de crinières dans les lueurs de la lune, un déferlement de chairs pareil aux palpitations d'un flot maritime, l'écume des gueules et la phosphorescence des fauves prunelles, les rauquements semblables aux sanglots de tempête sur les chênes…

Enfin, d'un coup terrible, le lion fut précipité, alla choir à six encolures, et, en foudre, le Spelaea était sur lui, commençait à lui ouvrir le ventre. Il se débattit, avec des rugissements épouvantables. Il réussit à se dégager encore, les entrailles pendantes, la crinière rouge. Comprenant et l'impossibilité de

4

la retraite et que l'autre ne lui ferait nulle grâce, il refit face sans faiblesse, il réengagea le combat avec une furie si haute que le Spelaea ne put, durant plusieurs minutes, le ressaisir. Mais la finale approchait, une décroissance rapide des forces du vaincu : ressaisi, couché contre terre, arriva le supplice, l'acharnement du plus fort, les viscères du lion arrachés, ses os rompus entre des crocs tout-puissants, sa face broyée et difforme... et les rugissements de l'agonie répercutés à travers l'horizon, toujours plus rauques, plus débiles, éteints bientôt en soupirs, en râles, en tressaillements des vertèbres... Enfin, une convulsion de la gueule, un sanglot lamentable, et la bête souveraine s'éteignit.

D'abord le Spelaea s'acharna sur le cadavre, sur la chair encore vibrante, dans la volupté de la vengeance et la crainte d'un retour de vie. Enfin, rassuré, il rejeta le lion d'une secousse dédaigneuse, il rugit son triomphe et son défi aux pénombres, les épaules, le thorax saignant de larges plaies. Le jour naissait, une filtration de vif argent au bas horizon, l'are de la lune se dépolissant, se vaporisant. Le Spelaea, après avoir léché ses blessures, sentant la faim revenir, s'en fut vers la carcasse de l'élaphe. Las, trop éloigné du repaire, il chercha une retraite, où il pût se repaître à l'ombre. Le buisson où se cachait le chasseur , proche, attira ses prunelles, il se mit en devoir d'y traîner sa proie.

Cependant, fasciné par la magnificence du combat, l'homme contemplait encore le vainqueur, lorsqu'il le vit se diriger sur lui.

Un souffle d'épouvante charnelle, d'horripilation, passa sur son être, sans qu'il perdît l'instinct de lutte et de calcul. Il songea que, après un tel combat, avide de repos et de nourriture, sans doute le Spelaea n'inquiéterait pas sa retraite. Toutefois, il n'en avait aucune certitude, il réécoutait les légendes des vieillards, disant, aux soirs de veillée, la haine du grand félin contre les hommes. Rare, en déchéance continue, il semblait avoir l'instinct du rôle des primates dans son extinction, il satisfaisait sa rancune confuse chaque fois qu'il rencontrait quelque individu solitaire.

Ces souvenances rôdant dans le cerveau du veilleur, il songeait lequel, en cas d'attaque, de l'abri ou de la rase savane serait préférable ? Si l'un amortissait l'élan de la bête, l'autre rendait plus faciles le jet de la sagaie et les coups de massue. Il n'eut pas à hésiter longuement ; déjà le Spelaea écartait les feuillages. L'homme bondit, son choix soudain décidé, sortit du buisson par la ligne praticable, à angle droit avec la trouée où allait entrer le monstre. Aux froissements des branches, le Spelaea s'inquiéta, tourna autour de la bordure et, voyant surgir la silhouette humaine, il rugit. À cette menace, toute tergiversation éteinte, le chasseur leva la sagaie, les muscles souples et dociles, visa. L'arme vibra, alla droit sa route dans la gorge du félin.

– Ehô ! Ehô ! cria l'homme, la massue haute brandie à deux poings.

Puis il s'immobilisa, solide, beau géant humain, héros des âges de lutte, la prunelle lucide. Le Spelaea avança, se ramassant, calculant son bond. L'homme, d'une aisance merveilleuse, obliqua, laissa passer le monstre, puis, au moment où il revenait de biais, sa massue descendit comme un formidable marteau et des vertèbres craquèrent. Un rugissement arrêté net, la chute, l'immobilité brusque du colosse et l'homme répéta son cri de bataille, victorieux :

– Ehô ! Ehô !

Il continuait toutefois à se tenir sur la défensive, redoutant quelque reprise, contemplant la bête, ses grands yeux jaunes ouverts, ses griffes longues d'une demi-coudée, ses muscles géants, sa gueule béante, pleine du sang du lion et de l'élaphe, tout ce miraculeux organisme de guerre au ventre très pâle sous le pelage jaune ocellé de noir... Mais il était bien mort le Felis Spelaea, il ne devait plus faire trembler les ténèbres. L'homme se sentit dans la poitrine un grand bien-être, le gonflement d'un orgueil très doux, un élargissement de personnalité, de vie, de confiance en soi, qui le tint rêveur et nerveux devant les fleurs lumineuses de l'aube.

Les premières fanfares écarlates s'élevèrent sur l'horizon en même temps que la brise. Les bestioles de la lumière une à une ouvrirent leurs prunelles, les oiseaux pépièrent leur ravissement, tournés vers le levant, leurs petites cornemuses enflées. Sous les brumes fines, le fleuve sembla d'étain d'abord, légèrement dépoli, puis les splendeurs de la nue s'y plongèrent, un monde frissonnant de nuances et de formes. Les cimes des grands peupliers et des petits gramens de la Savane tremblèrent de la même ardeur de vie. Déjà l'astre survenait, plus haut que la forêt lointaine ; ses rais passèrent sur la vallée, entrecoupés d'ombres d'arbres frêles et interminables. L'homme étendait les bras, dans une religiosité confuse, sans culte précis, percevant la force des rayons, l'éternité du soleil, l'éphémère de sa propre personne. Puis, un rire lui vint, le cri de son triomphe :

– Ehô ! Ehô ! Ehô !

Et, sur le bord de la caverne, les hommes apparurent.

II
La horde

Dans le sourire matinal, alors que l'haleine du fleuve et de la Savane était régénératrice et voluptueuse, les tisons du premier repas s'éteignaient aux bordures de la caverne des hommes. L'Arbre-Sépulcre, jusqu'à cent coudées, haussait ses arceaux pleins de squelettes pâles, de trépassés troglodytes. Aux chocs ralentis de la brise, l'ossuaire aérien élevait des cantiques soupirants, des euphonies syllabiques, et un vieillard, accroupi sur les talons, de ses yeux presbytes discernait tels crânes apparus dans les ombres ramusculaires, reconstruisait telles annales de chasseur glorieux, de compagnon de jeunesse dévoré par le néant.

La horde de Pzânns, éparse, subissait le charme de l'heure. Les enfants bondissaient par la savane jusqu'aux frontières des eaux ; parmi les saules, mystérieuse, quelque jeune femme mi-nue renouvelait sa fraîcheur et ses parures, nouait les vagues fauves de ses cheveux ; les mâles s'attardaient en projets de chasse ou de labeur, presque tous puissants de masse et de muscle, de crânes longs et développés en énergies combatives. Dans les godets de silex, des guerriers broyaient et mêlaient le minium rouge aux moelles d'urus et se peignaient le visage et la poitrine au fin pinceau de fibre ; paraboles gauches, réticules entrecroisés, représentations vagues de formes de nature, maillons, filets rayonnants. Certains aux genoux, au col, au front, aux pieds s'accrochaient la bijouterie barbare, les pendeloques de canines trouées à la naissance (dents de lion, de loup, d'ours, d'aurochs, d'élaphe), les vertèbres de poissons, les fluorines aux feux d'améthyste, les cailloux gravés, et la frêle joaillerie marine : cyprea lurida, littorines, patelles.

La horde figurait une humanité déjà encline à l'idéal, industrieuse et artiste, chasseresse mais non belliqueuse, qui acceptait le mystère des choses sans avoir encore subi de culte, à peine en proie à de très vagues symbolismes. Fils de la grande race dolichocéphale dominatrice de l'Europe quaternaire, vivant en paix de horde en horde, étrangers aux dépressions de l'esclavage, une noblesse âpre, une grandeur et une bonté qui ne se retrouveront plus pendant la néolithique les caractérisait. Leurs terroirs étaient larges, abondants en nourriture, tellement que nul instinct d'appropriation directe, nulle basse ruse, n'avait pu naître. Les conducteurs de tribu, sans pouvoir effectif, librement élus et suivis par leur sagesse et leur expérience, n'avaient point intronisé de despotisme. Les seules querelles d'amour et d'émulation rougissaient la terre, parfois, de sang d'homme versé par l'homme…

Après le repas et les toilettes débuta le labeur des femmes et celui des mâles qui ne devaient point se mêler à la chasse de ce jour. Ah ! depuis les silex de Thenay, depuis l'Anthropopithèque taciturne, alors qu'allait paraître le Chelléen ancestral au sein de la faune, que de frontières franchies dans l'univers cérébral : division du travail, tradition des outillages, souveraineté de la nature, organisation multipliant les forces humaines, ébauches artistiques !...

De la fine aiguille à chas, plusieurs cousaient des fourrures au préalable percées de petits trous à l'aide d'un poinçon de pierre. D'autres, au lissoir et au grattoir, raclaient les peaux fraîches. Quelques-uns, sur des établis en plein air, de pierre ou de bois, martelaient, affilaient les haches, les couteaux, les scies, les burins. La taille, à petits éclats, faite avec une adresse et une patience merveilleuses, laissait lentement apparaître les lames et les pointes, et très rarement l'artisan faillait à découvrir les directions favorables à la percussion, familier avec la matière, doué de la divination acquise à de longues pratiques. Besogne plus délicate encore, certains découpaient les pointes, les hameçons, les harpons d'os et de corne, ceux-là armés d'outils fins et précis, tels que l'humanité ne les pourra dépasser qu'en allant de la pierre au métal.

Entre toutes, l'aiguille exprimait une industrie ingénieuse : esquilles arrondies aux dentelures d'un silex à coches, polissage et épointage au grès fin, chas creusé à la pointe tournante, avec des lenteurs calculées, avec mille périls de brisure.

Tandis que débutaient les travaux, un groupe de chasseurs s'était réuni auprès de la caverne.

Sur le plus haut roc, un jeune homme aux prunelles aiguës monta explorer les perspectives. À sa gauche, sous des lueurs d'améthyste ternie, vague et molle, la forêt coupait le fleuve et l'horizon. En face, les vais, les cirques lents des steppes, à peine des collines légères et douces, des oasis pareilles à des nénuphars sur un marécage, le miroir sinueux des eaux fécondes. Arrière, perdus dans le poudroiement des lueurs et des pâleurs de la nue, le pays des montagnes ; partout des profils rapetissés de bêtes pâturant sur la plaine : le chasseur compta une horde de chevaux, un troupeau d'urus. D'une voix retentissante, il les dénonça à ses compagnons, traçant du doigt les aires de chasse. À sa parole, tous allèrent quérir des armes : l'are, le harpon, la sagaie, la massue ; puis, au moment du départ, le vieillard conducteur, après un coup d'œil circulaire, s'écria :

– Vamireh !

Alors parut, sur le seuil des grottes, le jeune homme vainqueur du Felis Spelaea. Il hésita entre l'envie de poursuivre la préparation du manteau taillé dans la peau du monstre, commencée la veille, et l'envie de suivre la chasse.

La jeunesse l'emporta, l'appel de la vallée rajeunie, les exclamations de ses compagnons. Il rentra dans la caverne, reparut bientôt armé de l'arc et de la massue, et la troupe se mit en marche vers le nord. D'abord remuants, leurs cervelles de barbares surexcitées de la marche et du beau matin, ils devenaient plus silencieux à mesure. Bientôt, du haut d'une colline, le troupeau d'urus leur apparut. Les grands herbivores s'espaçaient en triangle, sur un pourtour de deux mille coudées, au nombre de plusieurs centaines. Les taureaux aux flancs léonins, au crâne opiniâtre, généralement rouges de pelage, circulaient à pas lourds parmi les femelles et les jeunes mâles. Toute la multitude réalisait une splendeur de vies lentes, de majesté pacifique et de force sociale.

À la voix du conducteur (le taureau colosse debout à l'angle le plus aigu du triangle) les autres mâles se grouperaient pour la bataille. Une intelligence sauvage, l'intelligence atrophiée chez leurs frères d'Asie par une servitude déjà longue, les rendait aptes à des tactiques, à des spontanéités.

Les chasseurs s'arrêtèrent. Cachés par un mamelon, ils discutaient le plan d'attaque. La contexture du terrain et la disposition des bêtes laissaient place à deux alternatives : les aborder d'ensemble à la droite et à la gauche, en profitant de la série des mamelons transverses, ou contourner la plaine et surgir de là-bas, à deux lieues, d'un massif de figuiers sauvages. Après quelques minutes, la majorité préféra la première méthode, car l'autre, pour plus productive en cas de succès, évidemment se présentait moins sûre, quelque panique pouvant écarter les urus avant qu'on atteignît l'embuscade.

La troupe se divisa en deux tronçons, l'une guidée par le vieillard muni du bâton de commandement à sculptures, l'autre sous la conduite d'un colosse d'âge mûr.

De part et d'autre, la marche fut organisée dans les règles, les accidents du terrain utilisés avec sagesse et la horde du vieillard, en avance légère, approchait, allait atteindre à portée de trait, lorsque le grand urus conducteur parut concevoir de l'inquiétude. Relevant sa tête rouge constellée de lunes blanches, il renifla l'horizon, il se tint en arrêt dans une scrutation profonde. Puis sa voix s'éleva, belle et grave comme celle des lions. Les herbivores éparpillés tressaillirent et se concentrèrent. Une minute de doute, une secousse de l'échine, enfin la conviction de l'ennemi approchant, de l'implacable ennemi vertical si connu des bêtes, et le signal de la fuite, le départ brusque de l'énorme caravane s'accélérant en un trot dont palpita la grande vallée.

Renonçant à la ruse, les Troglodytes gravirent la chaîne des mamelons qui les dérobait. Les plus agiles parurent à la cime ; plus de dix portées d'arc les séparaient des retardataires du troupeau d'urus. Les bêtes allaient, rapides, non encore encombrées de nouveau-nés ; mais dès les premiers bonds des chasseurs, il fut hors de doute que l'expédition allait aboutir. Les plus ardents, vrais barbares de race victorieuse, sans calcul, engageaient une lutte d'émulation, insensibles aux paroles des guides. En peu de minutes, trois d'entre eux atteignirent à moins d'une portée et les flèches sifflèrent, un taureau trébucha, un autre gronda formidablement :

– Ehô ! Ehô !

D'autres flèches planèrent, un des taureaux s'abattit, puis une femelle ; cinq chasseurs se trouvèrent dans l'aire du tir. Alors, se sacrifiant, deux des bovidés mâles firent halte. Frappant le sol une minute, leurs grands yeux troubles fixés dans le vide, nobles protecteurs de la race, enfin ils s'élancèrent. Des flèches encore, des blessures profondes, mais les bêtes belliqueuses y parurent insensibles, plus proches toujours, plus farouches. Sûrs de leurs jarrets, la plupart des chasseurs se bornèrent à s'éparpiller, mais deux jeunes hommes, s'entre-regardant, mus d'un orgueil de puissance et d'adresse, attendirent immobiles, l'un la lance-sagaie et l'autre la massue au poing. Curieux alors, dans une palpitation de drame, les autres firent demi-cercle.

Le premier taureau, cornes basses, à vitesse terrible, fondit droit sur le plus haut des jeunes hommes. Celui-ci, d'un écart svelte, s'effaça, plongea sa lance aux flancs de la bête. Sanglante, elle faillit s'écrouler, mais elle revint de biais, moins vite et plus sournoise. Elle ne manqua pas moins le but et, de nouveau, l'arme lui descendit aux entrailles, plus pénétrante, plus cruelle. Chancelant, agenouillé, l'urus parut vaincu, en posture pour recevoir le coup suprême. Mais, à l'instant où se relevait la lance, il rebondit, sa corne gauche enleva l'homme. Porté sur la convexité du croissant, nullement sur la pointe, le guerrier se dégagea en temps, et son troisième coup, décisif, en plein cœur, lui assura la victoire.

– Thérann a tué le grand urus ! gronda-t-il.

À côté, la lutte était d'autre mesure. Au moment où Thérann anéantissait son adversaire, l'autre taureau fondait sur le chasseur à massue. Planté de face, téméraire, l'homme abattit son arme et crut fracasser le crâne de la bête. Mais, détourné, glissant de biais, par un détour de la tête cornue, le coup ne porta qu'à demi et le taureau projeté en foudre, à dix coudées entraînait le nomade. Piétiné, labouré, réduit à l'impuissance, les entrailles du misérable saillirent, on ouït le craquement de ses os. Puis le sang s'élança, des blessures incurables trouèrent la poitrine, et dans l'effarement des chasseurs, c'est à peine si quelques flèches bondirent des arcs, envoyées par les meilleurs archers. Puis, comme le taureau s'acharnait sur le corps du vaincu, beaucoup s'élancèrent avec de grandes clameurs. La bête monstrueuse ne les attendit pas. Sûre, peut-être, de mourir, mais désireuse de tomber en guerrière, elle marcha orgueilleusement contre les assaillants. Des nuées de dards s'enfoncèrent dans ses beaux flancs, sans briser sa vitesse et, soudain, elle atteignit un nouvel antagoniste, un vieillard tardif à la retraite, et le renversa. Baissant les cornes, elle se disposait à l'enlever. Un coup de sagaie à l'épaule sauva l'homme et le souple profil de Thérann s'interposa.

– Thérann ! Thérann ! crièrent les chasseurs.

Thérann évita la charge de l'urus, mais son deuxième coup, mal porté, se faussa sur une omoplate. À son tour, il glissait sur la savane, à son tour il voyait s'abaisser les cornes pointues et véloces et tous le croyaient perdu. Mais voilà que surgit, agile comme le saumon à l'ascension des fleuves, la massue haute, Vamireh. Il n'eut que le temps d'enlever Thérann et de le jeter au hasard tandis que les Troglodytes criaient :

– Vamireh est fort comme le mammouth !

D'un signe, Vamireh écarta tout secours, puis, posté à six coudées du taureau, il lui parla :

– Retourne là-bas, brave… si digne de vivre et de créer la grande race des urus, si digne de pâturer longtemps encore les bonnes herbes de la plaine !…

Immobile, le bovidé regardait le chasseur de ses larges prunelles bleuâtres et une pitié miséricordieuse chuchotait, dans l'âme de Vamireh, le regret de la bête grandiose sacrifiée à la fatalité des luttes. Cependant, pénible, sans élan désormais, ses artères taries, le taureau baissait encore les cornes pour la défense, attendait l'attaque de l'homme. Et Vamireh poursuivit :

– Non, brave… Vamireh ne frappera pas le grand Urus vaincu… Vamireh regrette que la plaine soit privée du brave qui aurait protégé sa race contre le Lion et le Léopard…

Croulé sur ses genoux, l'urus semblait écouter le chasseur, dans un rêve vaste et vague. Puis, sa tête oscilla, un écho faible de rugissement frémit dans sa gorge, il s'étala, ses paupières se raidirent, et son dernier souffle s'exhala sur les gramens.

Ainsi finit la chasse, dans une mélancolie grave, et les cinq urus qui gisaient éparpillés dans la plaine coûtaient la vie à un fils des hommes, car il se trouva que Wanhâb, fils de Djeb, venait de restituer son être aux choses. Et les guerriers Pzânns encore une fois connurent la force et le courage de l'urus, mais toutefois, dans un sentiment de sagesse indéfinie, ils en ressentirent plus de douleur que de colère. Associés aux dernières paroles de Vamireh, ils savaient que l'existence de l'herbivore est nécessaire à celle des hommes et c'est dans ce sentiment profond que, bien des mille ans avant la domestication de la bête, ils avaient appris à user modérément de toute vie, sauf celle des carnassiers et des parasites, et à se montrer magnanimes envers les mâles puissants, afin que les hordes d'élaphes, les troupeaux de bovidés et les caravanes de chevaux fussent fortifiés contre les grands fauves.

III

La sépulture de Wanhab

Dans le crépuscule du soir, l'astre transformé en brasier circulaire, les vieillards surgirent de la caverne, suivis de la horde mélancolique ; deux guerriers jeunes portaient le squelette de Wanhâb, et la lueur rouge, sur le crâne pâle, à travers la cage thoracique, tombait comme un symbole de haute angoisse, désuétude du jour vernal sur les ruines d'un être jeune disparu à jamais dans l'abîme des métamorphoses. Tardive s'écoula la horde à travers la savane, et les sanglots sourds de l'épouse et de la mère coupaient la taciturnité de la scène.

Quand on atteignit l'Arbre-Sépulcre, quand les porteurs eurent escaladé la colline, on vit un vieillard se mettre auprès de Wanhâb, et tous attendirent sa parole, car il était renommé pour parler aux autres hommes. Et le vieillard se tint immobile quelque temps, laissant remonter des choses anciennes dans sa mémoire, les confuses synthèses acquises par sa race encore tout à la nature et n'ayant conçu aucun mystère au-delà des formes matérielles :

– Hommes… Wanhâb fils de Djeb… né parmi nous… était un chasseur intrépide et un travailleur habile… l'urus, le léopard et l'hyène ont connu sa force… il a taillé les dépouilles de la bête et s'en est fait des vêtements et des armes… il a tiré des outils de la pierre bienfaisante… Hommes… Wanhâb fils de Djeb… est sorti de la vie… il ne chassera plus, il ne dépouillera plus la bête et ne tirera plus d'outils de la pierre bienfaisante… et parce que c'était un compagnon fidèle et sage… nous regrettons Wanhâb, fils de Djeb.

– Nous regrettons Wanhâb, fils de Djeb ! répétèrent les voix de la horde.

Puis, il descendit un silence plus pesant et les têtes de Troglodytes s'élevèrent pour voir gravir l'Abre-Sépulcre par un chasseur agile. Il glissa de branche en branche, à travers les squelettes des ancêtres.

Lorsqu'il parvint à une branche libre, on suspendit Wanhâb, fils de Djeb, à la lanière tressée dont le grimpeur tenait un bout, et la dépouille à claires-voies du trépassé monta lentement parmi les feuillages. De l'horizon tiède et du grand zénith, il émanait des langueurs si douces, un si charmant souffle de vie et une majesté si pacifique, que les compagnons de Wanhâb, et sa mère et sa veuve, oubliaient la douleur et l'effroi de la mort. Enfin, le squelette, fixé, vacilla faiblement parmi les autres squelettes, et la horde se dispersa dans le crépuscule. Aux caps du fleuve, sur la pointe des collines légères, les natures contemplatives virent se diviser la lumière en mille figurations éphémères. Bientôt ne resta plus sous l'arbre que le noyau des compagnons intimes et des parents. Et la cendre vint sur les gloires célestes. Un jour de plus disparut à la profondeur du passé. Une nuit de plus découvrit un pan de l'infini. Frissonnants, alors, avec des imaginations embryonnaires, avec la pensée du trépas et de la nuit emmêlées, les humbles préhistoriques fidèles à Wanhâb ajoutèrent un rêve aux millions de rêves dont naquirent les Cultes, dont naquirent les mariages de la Peur, du Surnaturel et de l'immortalité.

Cependant, la jeune épouse restait prostrée sur l'herbe, ses cheveux coulant parmi les gramens, comme les fleurs du saule pleurent sur les nénuphars des étangs, et Thérann le vainqueur, ami de Wanhâb, eut pitié d'elle et sentit trembler son cœur, parce que la chevelure de la femme était belle et son cou rond et blanc dans les clartés finales du jour. Il dit alors des paroles douces, et elle leva ses prunelles sur lui. Et le vœu de la large nature que tout recommence et que la blessure de l'âme se ferme dans les êtres jeunes encore, commença de s'accomplir pour elle. Elle songea que Thérann était fort parmi les forts, et sans férocité pour les femmes et les enfants. Et quand les ténèbres furent victorieuses, ils restèrent l'un à côté de l'autre, sans mouvement et sans parole, mais sentant s'élever des lendemains en eux, tandis que les loups rôdaient sur la savane, que l'hyène ricanait au bord du fleuve et que les grands carnivores se levaient dans leur force.

IV

L'îlot

Vamireh, fils de Zom, malgré sa jeunesse, était l'étonnement de la horde des Pzânns. Chasseur subtil et puissant, beau de stature et fort comme l'aurochs, il possédait aussi les dons mystérieux de l'Art. Les formes de la Bête et de la Plante captivaient sa rêverie. Il était celui qui rôde seul sur les collines et qui marche à travers la forêt ou vogue par le fleuve ou les ténèbres, pour la joie de surprendre les choses secrètes. Les Dolichocéphales d'Europe ne faisaient point risée de tels hommes, et ils tenaient en profonde estime Vamireh, pour savoir manier le burin qui grave sur l'os et la corne, et le ciseau qui taille le bois et l'ivoire en ronde bosse. Amoureux de son art, il était devenu le plus renommé des artistes parmi les tribus qui arrivaient vers le printemps dans l'Orient-Méridional. Des jours, des semaines entières, il se dérobait du milieu de ses compagnons, explorant des solitudes, travaillant en quelque lointaine retraite, et les œuvres qu'il ramenait de ses errances faisaient le charme de sa horde. Ni Zom son père, ni Namir sa mère, ne s'inquiétaient trop de ces absences, dans une foi diffuse en sa fortune.

Or, un matin il s'embarqua sur le fleuve et se mit à descendre en aval, dans sa grêle embarcation, tremblante au moindre remous, qu'il poussait à coups de pagaie. À mesure qu'il perdait de vue le repaire des Troglodytes, le fleuve s'élargissait, moins profond, des quartiers de rocs entrecoupant sa marche, vêtus de mousses et de lichens. Là l'hymne des grandes eaux, la basse grave du courant, les rumeurs de la pierre, une magie de résonnances, parfois les blocs rangés en symétrie architecturale, en salles ouvertes aux quatre vents où sanglotaient des voix d'abîme.

Sur les rives vierges, vint la forêt, en lisières de saules fragiles, en peupliers grisailles, frênes pleureurs, bouleaux sur les tertres et, à l'arrière, les populations d'arbres géants, le cosmos des lianes et des plantules en luttes, le mystère de la nature créatrice, des forces libres, les renaissances sur l'humus millénaire, dans les demi-ombres de temple et d'embuscade où palpitent à perpétuité la joie, la terreur et l'amour.

Vamireh abandonna sa pagaie, étreint par la solennité du spectacle, heureux du vacillement des ombres arborisées sur l'onde, de la senteur sauvage de l'endroit, tandis que des mufles d'herbivores glissaient entre les fûts et es herbages, que des bandes d'esturgeons remontaient le courant, rasaient les blocs erratiques.

Cependant, un îlot apparut, Vamireh se remit à pagayer : dans un havre, au bord méridional de la petite île, il engagea son canot, l'amarra parmi les saules. Des batraciens, des poules d'eau, une sarcelle s'effarouchèrent.

Vamireh écarta les feuillages, se trouva dans un coin libre où la terre semblait piétinée, les herbes sauvages sarclées intentionnellement. Un sourire parut sur sa face pendant qu'il plongeait sa main dans le creux d'un aulne. Il en ramena des grattoirs, des lames, des pointes de silex, des morceaux d'os, de corde, de bois de chêne. Un instant il resta en contemplation devant une statuette, vague encore, dont le sommet de la tête, le front, les yeux approchaient de l'achèvement. Une béatitude le secoua, religieuse, esthétique :

– Elle sera terminée avant la pleine lune.

Puis, il jeta son manteau, alla prendre dans son esquif les dents et les os qu'il avait apportés, et, plusieurs minutes, hésita s'il continuerait la statuette ou s'il travaillerait à des gravures. Les canines du Spelaea le tentaient particulièrement. Il les prit, les reprit plusieurs fois. De la pointe aiguë d'un burin de silex, il ébaucha des contours imaginaires, l'œil cligné, la lèvre entre les incisives. Puis, épiant l'entour, flânant par l'îlot, il parut chercher quelque modèle, arbre, oiseau, poisson.

Une fleur dans une anse, une grande renoncule aquatique à la pâle corolle, il la cueillit, l'examina. Une douceur intelligente, une finesse d'être en contact cérébral avec la nature, une songerie d'artiste plissait son front et ses paupières. Grands pétales au vernis discret, subtiles anthères, pédoncule nué de rose, il goûta ces choses en amoureux de la forme, à rétine voluptueuse, mais surtout les lignes terminales, les contours que son burin pourrait reproduire, les frontières de la fleur. La posant, l'étayant de branchettes, il s'essaya à lui redonner sa pose naturelle et il aiguisa son outil. Enfin, tenant une des canines du Spelaea, dans une absorption profonde, une passion grave, il commença de tracer un profil léger, une esquisse de la renoncule.

Sûre et tactile, sa main musculeuse d'athlète se prêtait au travail de l'Art ; déjà venait un tracé gracieux, le déploiement des pétales, les points des anthères sur les hampes frêles. Ému, Vamireh s'arrêta, la lèvre prise plus nerveusement entre les incisives, l'œil entrefermé ; les minutes avaient été bonnes, la fleur apparaissait aimable sur le fin ivoire. L'homme rit à voix basse, se pressa la poitrine entre ses bras. Mais, bientôt mécontent de quelques traits, il les effaça au grattoir, les recommença, tant qu'une contrariété vint à naître, la lutte, le moment où le labeur se fait dur, empreint de colère. Avec des gestes d'enfant colosse, des reproches à la matière, des chutes de bras au long du torse, deux ou trois fois il jeta le burin. L'opiniâtreté de sa race le ramenait bientôt au travail, tant qu'il finit l'ébauche, parvint à corriger les lignes maladroites. Las, alors, il se leva, il ne voulut plus regarder son œuvre. De la mélancolie envahit son cerveau, une humilité devant la nature. Longtemps, il resta près du fleuve. C'était la grande époque fécondeuse, l'eau pleine d'un tumulte de bêtes inférieures, beaucoup venues de la mer et remontant les courants. Les crues de l'équinoxe depuis plus d'un mois avaient cessé, les branches et les troncs d'arbres déracinés devenaient rares.

Midi monta, le grand soleil, les ombres rapetissées, l'air tremblotant de chaleur, de colonnes d'air ascensionnelles, mais, dans la moiteur de l'îlot, sous les saules et les aulnes frais, cette heure fut charmante. Là-bas, sur la rive lointaine, une grande bête cornue se montra, en qui Vamireh reconnut l'aurochs. Il avança sans hâte jusqu'au bord du fleuve, au long d'une sorte de jetée pierreuse. Le cœur du chasseur tressaillit à la vue de l'énorme mammifère, il admira son crâne large penché sur le fleuve, ses jambes hautes, sa poitrine musculeuse :

– Ehô ! voici Vamireh !… Vamireh ! cria-t-il à la bête, d'une voix retentissante.

L'aurochs releva la tête, étonné, et le nomade reprit :

– Vamireh te laisse vivre !

L'aurochs, ayant fini de boire, s'en alla. Vamireh avait apporté une tranche d'urus cuite d'avance pour la conservation, il l'avala, se laissa couler sur le sol et s'endormit. Après un temps indéterminé, un frôlement l'éveillait en sursaut. Il vit s'enfuir une demi-douzaine de rats aquatiques. Il se dressa d'un bond, les yeux éblouis, songea tout de suite à la gravure inachevée de la canine. Quand il la reprit, sa surprise fut douce : au lieu de l'ébauche douteuse qu'il imaginait, c'était un dessin ferme, exact, aux lignes élégantes. Il reprit le burin, il approfondit les contours avec soin, puis, creusant un trou de suspension, à la racine de la dent, il sourit de joie devant son nouveau bijou. Seulement, pour ce jour, sa puissance créatrice était épuisée, il tenta en vain de reprendre la statuette, un bâillement invincible, une maladresse continue accompagnaient chacun de ses efforts. Découragé, il remit ses matériaux et ses outils dans le creux de l'aulne, il leva les yeux au firmament pour calculer l'heure. Le soir était loin encore, le soleil à mi-route du couchant quoique déjà descendît une fraîcheur dans le prolongement des ombres. Les némocères vibraient en colonnes, des nuées translucides se formaient au-dessus de la forêt. Alors un ennui alourdit le cœur du Dolicho – un ennui de santé trop riche, de force accumulée. Des vœux sans forme errèrent dans son crâne, désirs de chasse, de travaux périlleux, de génération.

Les pays de là-bas, à l'aval du fleuve, au-delà des forêts, le tentèrent. Inconnus de sa race, il en eut la curiosité âpre, hasardeuse et puérile. Pourquoi n'irait-il pas voir ? Dans sa jeunesse hardie, encline aux rudes entrer prises, accoutumée aux errances solitaires, dans son cerveau d'artiste fruste, aux imaginations brûlantes, l'envie germa, grandit, se précisa.

Alors, avec soin, il inspecta ses sagaies, sa massue, son harpon à deux rangs de barbelures, s'assura qu'aucune voie d'eau ne menaçait son esquif et, reprenant la pagaie, allègre, il se rembarqua. À mesure qu'il avançait, la forêt se faisait plus dense, les rives moins définies, faites d'humus vaseux, d'alluvions trop meubles, de décombres sylvestres. L'onde, noirâtre, allait plus tardive, les blocs avaient disparu, des arbres vieux de mille ans se dressaient par intermittences, de grands sauriens dormaient sur les promontoires et la clameur des perroquets couvrait les chuchotements augustes de la Vie.

V
L'homme des arbres

Quand le soir engouffra le fleuve, Vamireh conçut qu'il était immensément loin des confins de la forêt. Il rôtit quelques tranches d'un esturgeon harponné au passage, et sa faim satisfaite, rêva les légendes indécises des Pzânns :

« Tâh, vieillard de cent vingt hivers, à la mémoire lucide, contait l'écroulement des montagnes. Trois générations avant Tâh, l'Orient méridional était barré de lacs et de montagnes que jamais les Pzânns, ni nul peuple connu des Pzânns, n'avaient franchi. Voilà que les feux qui sont sous la terre avaient tressailli, que le ventre des montagnes s'était entrouvert. L'abîme avait bu les grands lacs. L'épouvante en était demeurée sur les hommes. Toute une génération avait crû, sans que nul osât franchir les contrées neuves. Puis, Harm le grand chasseur, suivi du père de Tâh et de jeunes braves, s'aventura dans les défilés creusés par le cataclysme. Et c'est ainsi qu'ils découvrirent les grandes savanes de l'Orient méridional... »

Assis sous un tremble, la poitrine émue à ces souvenances, Vamireh envia d'être, comme Harm, un de ceux qui trouvent des terres lointaines. Il se remémora la suite d'autres légendes : l'histoire des Pzânns aventureux qui, depuis cent ans, avaient tenté de franchir la forêt, dont les uns avaient disparu sans laisser de traces et dont les autres étaient revenus en contant que le fleuve coulait éternellement entre de grands arbres, que les périls augmentaient à chaque journée de voyage. Mais tout cela ne décourageait point le nomade. Sa curiosité et son courage s'exaltaient aux rumeurs de la nuit, à tous les pièges qu'il percevait tendus dans l'ombre. Longtemps, il resta sous le tremble, sans sommeil. Lorsqu'enfin la lassitude pressa plus fort sa chair, il alla prendre son canot, le transporta sur la rive, puis, ayant trouvé un endroit sec, il y étala sa peau de spelaea et, retournant l'esquif, s'en couvrit, s'abritant de surprises immédiates. Et la massue dans un poing, le dard dans l'autre, il s'assoupit.

Or, cette nuit ni celles qui suivirent, Vamireh ne fut attaqué par les carnivores. Non que les monstres de l'ombre ne rôdassent autour de son canot, mais nul ne tenta de le forcer.

Vamireh campa sur des îles autant que sur des rives sylvestres. Dans l'abondance de toutes choses, il ne manqua ni de la chair ni des fruits qui soutiennent la force de l'homme. Plus d'une fois, devant la forêt interminable, d'où de grandes rivières arrivaient se joindre au fleuve, son âme devint triste et il regretta l'aventure. Il songeait que la route de retour serait plus âpre que la route d'arrivée, et l'histoire de ceux qui n'étaient pas revenus inquiétait sa mémoire ; son cœur s'emplissait de tendresse à la pensée de Zom et Namir, ses générateurs, et de ses frères et de ses sœurs plus jeunes que lui. Certes, Namir et Zom l'ayant parfois attendu durant deux ou trois quartiers de lune, prenaient l'accoutumance de ses départs, mais, cette fois, quelle durée aurait le voyage ? Tous obstacles s'accumulaient, principalement les rapides que Vamireh ne pouvait plus franchir qu'en transportant son canot par les rives. Entre les palétuviers et la broussaille, sur des courbes enliseuses, parmi les reptiles et les fauves en embuscade, âpres étaient les passages, mais ces obstacles mêmes, à mesure qu'il les franchissait en plus grand nombre, le poussaient à persévérer, par le souci des périls sans récompense.

Un matin, il se leva du sommeil tandis que les oiseaux achevaient l'hymne aux rayons, que les rosées coulaient aux sous-bois comme des pluies légères. Un froissement de branches accrocha son attention. Il vit s'avancer une forme couleur de frêne, d'allure oscillatoire, sauteleuse, accroupie sur ses membres postérieurs ; sa taille dépassait celle de la panthère. À ses quatre mains, à son visage, à ses yeux circulaires, à ses oreilles délicatement ourlées, une remembrance frémit en Vamireh, des paroles de Sboz, celui de tous les Pzânns qui avait le plus loin pénétré l'inconnu de la forêt ; en l'être fantasque, aux bras démesurés, à la forte poitrine, il vit l'Homme des Arbres. Étranger aux peuples d'Europe et presque à ceux de l'Asie, chaque période le repoussait aux contrées de flamme : des forêts méridionales, rares et profondes, de ci de là conservaient, cent mille ans après l'exode de la race, quelques familles solitaires.

Un élan de sympathie courut en Vamireh. Se dressant, il poussa le cri d'appel des Pzânns. L'Homme des Arbres s'arrêta, inquiet, ses yeux ronds furetant sous l'épaisseur des ramures. Vamireh, écartant les branches, brusquement se découvrit :

– Hoï !… Bonheur à toi !

L'Homme des Arbres se mit debout. Couvert de poils duveteux, les cheveux rares, moins haut de taille que le nomade, plus large d'épaules, il semblait doué d'une puissance formidable. Vamireh s'étonna de sa physionomie farouche, de ses mâchoires énormes, de ses sourcils enchevêtrés par-dessus les prunelles jaunes, de son épiderme noir et grenu, sans que sa sympathie décrût, son plaisir de voir un semblable après une semaine de solitude, et il reprit en s'accompagnant du geste :

– Vamireh, ami… ami !

L'Homme des Arbres gronda, écartant ses lèvres, évidemment dans le doute des intentions de l'autre. Le nomade, voyant l'inutilité des paroles, tenta de correspondre par gestes, sans nul résultat que d'accroître la défiance de l'inconnu. Dédaignant de s'en émouvoir, Vamireh fit quelques pas de plus, mais alors, fermant ses poings énormes, les prunelles tremblantes, l'Homme des Arbres se frappa la poitrine et menaça le Troglodyte. Celui-ci s'en indignait :

– Vamireh ne craint ni le Lion ni le Mammouth… ni les embûches des Hommes…

L'Homme des Arbres gronda de nouveau, sans toutefois avancer vers le Pzânn, simplement sur la défensive. Ce que voyant, Vamireh se tut, dans une curiosité croissante, sa colère disparue. Tous deux restèrent quelque temps à se contempler. Cette pause parut inspirer quelque confiance à l'Homme des Arbres. Ses traits se détendirent, une paix d'herbivore parut sur la pesanteur de son masque. Lui aussi, avec moins d'analyse que Vamireh, percevait la présence d'un semblable. Mais des instincts vagues, des souvenirs directs peut-être, des craintes ataviques ne lui rendaient pas cette présence agréable. Sentait-il que jadis, au menstrue du tertiaire, il était au même échelon que le grand Dolichocéphale debout devant lui, que des misères, des habitats dépressifs, avaient fait de sa race l'agonisante et de l'autre la victorieuse ? Avait-il inscrites dans sa chair les douleurs, les révoltes, les nostalgies, les exodes perpétuels, les batailles perdues, tout ce qui se transmet de génération en génération, de sang à sang, et dont les éveils indéfinis, rêves de vies ancestrales subitement revenues dans les fibres héréditaires, valent la mémoire directe et précise ?…

Il restait là, maussade, son œil d'ambre scrutant Vamireh, moins défiant toutefois. Le Pzânn, à bout de gestes, concluant à l'impossibilité de correspondre, se retira vers son esquif afin de le remettre à flot. Comme il atteignait le fleuve, il vit, en se retournant, que l'Homme des Arbres l'avait suivi et le regardait avec curiosité. Lorsqu'enfin il se fut embarqué, une certaine bienveillance se marqua sur la bouche cendreuse et camuse, les bras velus ébauchèrent un vague geste amical. Vamireh y répondit tout de suite, rieur, excusant le Sylvain de sa défiance. Longtemps, pendant que s'éloignait la barque grêle, entre les palétuviers s'immobilisa une face attentive, et quel songe panique, quelle impression aussi emmêlée et sauvage que les broussailles riveraines errait dans la cervelle du Déchu, dans le crâne tardif de l'Homme des Arbres !

VI
La contrée nouvelle

Des jours encore et toujours la Forêt ! Vamireh commençait à douter qu'elle se terminât. Pourquoi ne serait-elle pas la frontière du monde ? Les rapides pourtant diminuaient de nombre. Sauf l'attaque d'une panthère fondant sur lui du haut d'un arbre et dont il avait déchiré les entrailles, sauf le tourment des infiniment petits qui harcelaient sa chair, sauf la menace des reptiles, Vamireh n'avait eu, d'ailleurs, à vaincre que les embûches de l'inanimé, les perfidies de la terre marécageuse et des plantes enchevêtreuses des havres. Plus habile continuellement à deviner le péril, au seul aspect des eaux et de la terre, il s'accoutumait à rire de ces obstacles, un orgueil plus fort bondissait dans son cœur et dans ses chairs.

Cependant, vers le soixantième jour, voilà que parut s'éclaircir la végétation. Deux ou trois fois des trouées se montrèrent, des coins sylvestres neufs où les arbres poussaient plus chétifs, où les colosses séculaires se faisaient rares. À d'autres indices encore, à la présence de bêtes qui aiment la proximité des espaces libres, à la nature des terres, Vamireh put pressentir le succès de son entreprise. Deux jours plus tard ses derniers doutes disparurent ; la rive gauche lui montra de vieilles steppes à peine transmuées en forêt où les arbres se disséminaient toujours davantage.

Vers le milieu du soixante-huitième jour, il amarra son canot dans une crique choisie, il s'arma des sagaies et de la massue et entreprit une découverte à pied, vers l'Ouest. Le sol était ferme, les gramens et les plantules dominaient de plus en plus sur les arbres. Vamireh, après quelques heures, arriva sur une colline d'où il dominait la contrée. Au nord, une perspective sinople, violescente, noircissante, la forêt-océan où coulaient les féeries du Rayon, où la vie se tapissait innombrable et subtile. Au Sud, le dévalement de steppes, entrecoupées d'oasis, la perspective d'une contrée de chasse et de libre circulation, la contrée nouvelle que Vamireh avait désiré connaître et dont l'apparition lui enfla la poitrine triomphalement.

Avec un rire bas, il songeait à la surprise des Pzânns lorsqu'il conterait son voyage, à la béatitude de Zom et de Namir. Longtemps il resta sur la colline, dans l'extase. Mais le firmament, au-dessus de lui, s'enfiévra. Deux gros nuages s'unirent, charbonneux, ourlés de phosphorescences. Un souffle angoisseux, giratoire, ascensionnel étreignit les plantes ; les foudres croulèrent majestueusement sur la forêt. Vamireh aima cet orage, tout son organisme y respira la force et le mouvement, des émotions concordantes à son état d'âme. Quand se mirent à ruisseler les eaux du ciel, il dénuda ses épaules, il reçut l'inondation fraîche avec volupté.

Pourtant se calma la fièvre, les nimbus haillonnés, bus par les tiédeurs firmamentaires, poudroyés par les chocs électriques. À peine si les gramens gardaient l'humidité pluviale : la terre avide avait tout aspiré. Vamireh marcha avec délices vers le paysage d'après pluie ; les derniers vestiges sylvestres s'évanouirent. Rien ne demeura que les steppes immenses entrecoupées de massifs. Les nues éparpillées se jetaient en draperies éphémères devant le soleil, une ombre légère, à toute minute, rafraîchissait les perspectives.

D'ailleurs, le soir approchait. Vamireh s'arrêta vers le crépuscule au rebord d'une oasis et y passa la nuit. Il se remit le lendemain en route, résolu au retour s'il ne survenait pas d'aventure, ayant découvert ce qu'il désirait : de nouvelles terres de chasse. Des empreintes d'urus et d'aurochs, de cerfs élaphes, de chevaux, lui assuraient la fécondité du terroir et il projeta une grande expédition de jeunes Pzânns pour l'année suivante. Mais, vers les deux tiers de ce jour-là, il survint une aventure assez considérable. C'était durant une halte, alors que le nomade achevait de manger une couple de cailles abattues au passage. Abrité entre des figuiers sauvages, il vit s'avancer une femme.

Elle approchait, vêtue de fibres d'écorces entremêlées de gramens de la savane. Vamireh se dissimulait davantage ; le flot qui clapotait en lui, du cœur à la cervelle, charriait l'angoisse et la suavité. La certitude qu'elle était jeune se vérifiait non seulement par l'approche, la visibilité accrue, mais par la cadence marcheuse, la vacillation souple des hanches. À trente pas, elle se décela pubère à peine, frêle vierge aux très grands yeux, surprenant Vamireh de sa dissemblance avec la fille coutumière d'Europe, au crâne allongé, aux fortes allures.

Sa face un peu ronde, pâle comme les nuées printanières, ses cheveux pareils à la moire des étangs par les nuits sans astres, sa taille brève et plus comparable à celle des frênes qu'à celle des peupliers, et le port de sa personne, et la forme de ses lèvres comme celle de son front, et la coupe de ses paupières, tout évoquait la race lointaine, l'humanité grandie depuis des milliers de siècles sans contact avec les hordes nomades de l'Occident.

Vamireh, de même que l'herbivore étranger depuis des siècles aux contrées fauves garde l'instinct atavique de reconnaître le grand tigre, Vamireh percevait la distance de son organisme à celui de l'adolescente. Une divination lui prédit des choses toutes nouvelles en ce coin du monde où son caprice l'avait mené et cette prescience de l'inconnu le tint anxieux, hésitant à fondre sur la proie d'amour, une horripilation sillant à travers ses fibres comme l'approche de l'orage sur les nerfs de l'oiseau. Mais dans son imagination barbare, fouettée par un sang électrique et tout l'amour de Mai, l'étrangère parut infiniment désirable. Enfant de l'art, enclin à la volupté des contrastes, il fut capté aux longs cils de duvet noir, à la démarche trembleuse, à la précision des contours, l'animalité charmante de la prunelle et sa résolution fut prise. Mais pendant son hésitation, la passante avait frôlé l'embuscade et déjà se trouvait à cent pas : Vamireh s'enleva d'un élan, avec la rapidité d'un étalon.

Au bruit, se tournant, la jeune vierge vit venir Vamireh ; dans l'épouvante, avec une clameur plaintive, elle tenta la fuite. Elle froissait les grandes herbes, légère, mais sans espérance d'échapper au formidable chasseur et deux, trois fois, elle tenta tourner, se dérober par des massifs, par des tangentes. Il la serrait de plus près toujours, retardé uniquement par le plaisir à voir flotter les cheveux de la fugitive et s'infléchir en courbes charmantes son jeune corps. Enfin, elle le sentit contre elle, le vent de son haleine sur sa nuque.

Elle s'arrêta, elle se tourna. Les prunelles paniques, la poitrine turgescente sous les gramens de son vêtement, elle levait les bras en supplicatrice, avec un jusant de confuses paroles. Le nomade écouta immobile devant elle, bientôt convaincu de l'impossibilité de comprendre cette langue plus rapide que la sienne et plus sonore. Mais le langage de nature, la terreur inscrite sur les lèvres et les paupières de la passante, l'émurent de pitié. Moins vives, plus profondes errèrent des impressions neuves par son organisme, ébauche de poème sauvage et recul des brutalités voluptueuses devant la tendresse.

Comprit-elle, eut-elle l'instinct de son triomphe sur le grand occidental aux cheveux clairs ? Moins tremblante, elle continua de murmurer des syllabes où s'entremêlait une indécise malice. Il tenta de répondre, de faire comprendre qu'il ne voulait pas être terrible. Elle observa, attentive, ses gestes de statuaire : ils lui étaient neufs. Fille des races non plastiques, des races de culte, elle ne concevait que des mouvements amples et monotones, lointains de la nature. Mais plus encore qu'aux signes, elle parut surprise lorsque Vamireh, détachant un de ses ornements d'ivoire, le lui offrit : non sans défiance, elle contempla les lignes gravées sur la petite plaque, la course d'un urus poursuivi d'un fauve, et elle tenait l'œuvre à contresens, sans comprendre. Le nomade, avec un sourire, se mit à indiquer les directions, à mimer le dessin, la troublant davantage.

Seulement, les yeux de Vamireh, ses interjections la rassuraient de plus en plus. Elle aussi se mettait à sourire. Alors, une joie au cœur, il posa la main sur l'épaule de la passante. Elle recula, revenue à la méfiance :

– Vamireh est bon ! murmura-t-il.

Subitement, elle fit un bond, elle frappa ses mains l'une contre en regardant l'horizon. Vamireh, en suivant la direction de ses prunelles, vit avec ennui un groupe d'hommes accourir. D'un geste un peu espiègle, elle fit signe de fuir à l'Occidental. Lui, la main crispée, tâtait ses armes, comptait les survenants : ils étaient douze, armés de grands arcs et de lances. Devant l'impossibilité de la lutte, une désespérance rageuse le saisit, d'idylle déçue et d'orgueil blessé :

– Vamireh n'a pas peur ! fit-il fièrement...

Et comme l'étrangère s'éloignait, il la suivit, il la prit au bras. Elle se débattit, elle cria d'une voix haute. Farouche il l'attira, il la souleva toute.

Terrifiée de se sentir légère comme une chevrette sur la poitrine du nomade, elle se défendit sans violence, à timides soubresauts. Lui, prenant du champ, malgré le faix, il tenta la course, il alla d'une rapidité surprenante, excité par la clameur des poursuivants, et plutôt, en ces premières minutes, fût-il victorieux. Ceux qui le traquaient, d'une race plus brève que la sienne, trapus, ne semblaient pas des poursuiveurs de proie, des hommes aux jarrets de fauve comme les Dolichocéphales occidentaux. Agiles pourtant, la lassitude leur viendrait moins prompte, sans doute, qu'à Vamireh, à moins qu'il n'abandonnât son fardeau. Il n'y songeait guère, mû du vouloir âpre de la lutte. Il fonçait vers l'Est, vers la rive où il avait abandonné son canot. À supposer même qu'il gardât sa vitesse, il ne pouvait l'atteindre avant une demi-journée, longtemps après le crépuscule, après que la lune serait au zénith.

Après les premières minutes, la jeune fille cessa toute défense. Femme, après tout, emportée par un mâle qui ne la rudoyait point, une curiosité venait à naître, tellement qu'elle se laissait placer la tête et la naissance de la poitrine sur l'épaule de Vamireh. Au loin, sur la savane, elle voyait les hommes de sa tribu, elle distinguait leurs gestes. Armés de grands arcs et de lances légères, couverts de manteaux en étoffes tissées avec les fibres de la plante et la laine de l'animal, elle les comparait confusément à Vamireh vêtu de la fourrure du spelaea, armé de la massue et de la sagaie. Elle souhaitait leur triomphe, sans doute, et pourtant aurait voulu sauver la vie du ravisseur. Des virtualités vaniteuses, l'impression féminine que la violence du mâle n'était point une injure, la force de Vamireh, l'attraction de l'inconnu, ces choses voguaient par son esprit de mi-barbare, éparpillaient ses vœux.

Une heure se passa, de course farouche, où Vamireh augmenta toujours l'avance. Plus douce, plus courbe, la lumière ambrait la savane et l'ombre du chasseur et de sa proie galopait immense vers l'Orient. Soudain, se retournant, Vamireh ne vit plus les traqueurs. Il monta sur un tertre, il les aperçut à plus de cinq mille coudées. Un rire de triomphe lui sourdit aux lèvres et il cria :

– Ehô ! Ehô !

Puis il dit à la jeune fille :

– Vamireh est le plus fort !

Elle détourna la tête, offensée de son rire et de son cri. Il s'assit. Ils restèrent en silence cinq minutes. Le souffle de Vamireh, rauque d'abord et dur, se régularisa, ses pectoraux se soulevèrent plus rythmiques. Alors il murmura quelques paroles. Elle ouvrit les yeux, leurs regards se frôlèrent. Celui de l'homme était calme et tendre. Elle plissa les paupières, une témérité féminine, malicieuse, dédaigneuse, parut sur sa face. Vamireh s'en inquiétait, en était charmé, la trouvait ainsi plus aimable encore, et répétait, moins convaincu :

– Vamireh est le plus fort !

Déjà les poursuiveurs apparaissaient plus proches : il fallait recommencer la fuite. Vamireh regagna de l'avance et il parut alors évident que c'était les autres, non lui, qui se lasseraient les premiers. D'ailleurs leur troupe maintenue ensemble jusque-là, se disjoignit, trois ou quatre trop fourbus pour suivre encore. Le reste se tenait à peu près en groupe, nul ne se souciant de devancer ses compagnons, retenus par le mystérieux de l'aventure, la taille haute et l'agilité extraordinaire du Dolichocéphale.

Le jour s'alanguit davantage. L'heure jaune fut là. Sur la savane, un silence moins vibrant, une atmosphère mélancolique et fraîche, un stade de repos. Les oasis éparses épandirent de la vie autour d'elles. Les némocères volèrent en hautes colonnes par-dessus les surfaces moites. Partout s'éveilla un froissement euphonique, des balbutiements de passereaux. Heure de sécurité et de bien être où les diurnes n'avaient pas encore à redouter la rôderie des fauves, où les grands ruminants se couchaient sur la plaine dans une sécurité charmante, où quelque chose de la jeunesse du matin revenait dans la chute du jour.

La course de Vamireh devint traînante et embarrassée. Mais, derrière lui, il semblait que la poursuite fût abandonnée. À l'extrémité de l'horizon les silhouettes des porteurs d'arcs s'étaient évanouies, et c'est en vain que le chasseur essaya de les apercevoir en gravissant un monticule. Pour la seconde fois il prit du repos, il déposa l'étrangère. Mélancolique, elle resta debout à côté de lui, comprenant l'inutilité de toute tentative de fuite. Lui, à présent, se sentait trop las pour exprimer son triomphe, inquiet d'ailleurs, car il sentait bien ne pouvoir recommencer cette course. Toutefois, il se consolait à la pensée qu'eux aussi devaient être hors de force.

Ils restèrent là sans une parole. Le soir vint. Avec une lenteur auguste les univers du coloris moururent sur le couchant et Vamireh tressaillit en voyant sa compagne s'incliner, étendre les bras vers l'horizon et parler au disque du soleil. Fils des Occidentaux non hiératiques, superstitieux vaguement mais sans culte, il ne comprenait guère l'acte de l'Orientale, il la regardait avec curiosité, peut-être avec inquiétude. Quand elle eut terminé, ils restèrent quelque temps encore, jusqu'à ce que la lune se levât.

– Viens, fit alors Vamireh.

Elle comprit le geste et sans résistance marcha à côté de lui. D'ailleurs, dans la solitude de nuit, tandis que le loup et le chacal commençaient à hurler sur les steppes, il devenait l'abri. Elle admira plus profondément sa grande massue rejetée sur l'épaule et fixée de ligatures. C'était déjà, embryonnaire, de l'intimité, de la confiance, une résignation moins farouche. Lui, taciturne, recru de fatigue, il n'avait pas son ardeur de naguère, le sang de Mai plein de molécules généreuses épuisé en ses artères. Longtemps allèrent leurs silhouettes, tandis que montait la Lune préhistorique. Déjà la steppe se couvrait de plus d'oasis, déjà les arbres se multipliaient en massifs, annonçaient la forêt prochaine, déjà les rayons tombaient plus argentés sur les herbes, et Vamireh songea que sa compagne devait avoir faim et sommeil. Lui avait surtout soif.

– Repose-toi ! dit-il… Vamireh va guetter les bêtes !

Elle s'assit, soumise. C'était sous trois figuiers sauvages, trapus et tout parfumés de printemps. Le Rêve y coulait entre les ramures, le rêve éternel de la Lune et des Constellations : la fille orientale y plongea son âme confuse. Elle y percevait la fragilité de son être. Sa famille et sa tribu, les feux du soir, les prêtres, les troupeaux de bœufs asiatiques la hantaient et la tourmentaient jusqu'aux larmes. Mais, si seule, elle n'arrivait pas à haïr l'homme qui l'avait volée, le percevait trop comme la seule barrière devant la nuit formidable.

Vamireh, dans la steppe, attentif, surveillait l'espace. Des profils de félins apparaissaient par intervalles. Très loin un cervidé fuyait. Voilà que, nez au vent, un loup approcha des trois figuiers. Presque aussitôt, effrayé, un corps bondit, un lièvre. Lancé selon une oblique, Vamireh attendit le point de sa course où il serait le plus proche, puis sa sagaie se leva, siffla et le petit animal roula parmi les herbes. Au bondissement du chasseur, le loup prit la fuite et l'homme alla ramasser le lièvre.

Rapidement, il le dépouilla, le suspendit à une branche. Puis, amassant des herbes sèches, des rameaux secs, il prit dans un sachet les silex dont les Dolichocéphales faisaient le feu, il étendit des fibres très sèches, fit jaillir les étincelles. Après quelques tentatives, la flamme s'éleva, légère d'abord, puis avivée aux poignées de combustible adroitement disposées, et le lièvre commença de rôtir. L'Asiatique, à l'éclair du feu, s'inclina comme naguère devant le couchant, avec une semblable mélopée de paroles. Vamireh, impassible, fit rôtir le lièvre. Quand il fut à point, il l'offrit à sa compagne et ils mangèrent en silence.

Le repas fut bref, l'un trop las et l'autre trop émue pour manger beaucoup, mais une soif vive les tourmentait : il ne fallait donc pas songer à faire halte avant d'avoir trouvé de l'eau. Ils se remirent en route. Leur recherche ne dura guère. Après moins de mille pas, Vamireh commença de percevoir le ruissellement d'une onde, et bientôt un petit cours d'eau se montra où ils s'abreuvèrent.

– Dormir ! dit l'homme.

Elle comprit le geste, s'effaroucha, scruta Vamireh. Dans la pâleur lunaire, il avait une face triste et lasse, nullement féroce. Alors, elle s'assit contre un bouleau, elle entreferma les paupières, mais défiante encore, luttant contre la lassitude. Les forces la domptèrent, l'inconscience passa sur son être, elle succomba à la demi-mort quotidienne.

Assis au bord du ruisseau, Vamireh contemplait les facettes de l'eau, les réticules de la végétation, les meneaux des saules interposés devant la Lune. Un songe vaste et paisible comme la nuit naviguait par sa cervelle. Attendri par la fatigue, toute son aventure lui apparut dans des notes lentes, profondes et tendres. L'ascension de la Lune, le hurlement des bêtes, la parlerie des fluides, les fantômes arborescents debout sur la steppe, semblaient lui dispenser le temps et l'espace. Pour avoir emporté la vierge, il la sentait sienne, autant que la peau du spelaea qui lui pendait sur les épaules. Mais le firmament vacilla, les arbres se transmuèrent en physionomies mouvantes. Vamireh sentit à son tour la pesanteur de l'ambiance, le recul de son être, ses chairs soumises au repos. Vaguement il se traîna sous le bouleau, il saisit le vêtement de la jeune fille dans sa main, il croula sur les herbes.

Le temps passa, la lune se mit à descendre la pente du déclin. Elle était à moins de trente degrés de l'horizon lorsque Vamireh s'éveilla. D'un coup d'œil, il s'assura de la présence de sa compagne, puis il se mit debout, explorant la steppe. Rien ne s'y montrait d'équivoque et il conclut que les poursuivants avaient abandonné la jeune fille ou que leur fatigue, plus considérable que la sienne, les avait condamnés au repos. Comme il se sentait allègre, ses forces reparues, il résolut d'augmenter encore ses chances et de se remettre en route. Un quartier du lièvre restait qu'il divisa en deux à l'aide de son couteau de silex et dont il mangea une part. Puis, après s'être trempé la tête au ruisseau, quelques minutes il resta en contemplation devant la dormeuse.

Elle avait croulé sur le sol. Sa tête délicate reposait sur son coude. Toute sa personne, repliée en zigzag, avait un charme exotique dont s'inquiétait Vamireh. Un afflux de sang lui gronda par les tempes, sa sauvagerie s'éveilla toute et il se pencha. Quel instinct, quelle douceur poétique le releva, plein de pitié ?

Incapable de l'analyser, il ne subit pas moins l'impression, il éveilla d'une secousse légère sa compagne. Elle se dressa lente, effarée, les yeux dans le chaos du sommeil. Puis la perception des choses revenue, elle fut triste, regarda sombrement les steppes lunaires, la chute rougissante de l'Astre, dans les abîmes occidentaux. Cependant, une joie vague la pénétra, la sensation du jour approchant, l'énergique appel du bonheur dans les chairs jeunes. Aussi ne refusa-t-elle pas le sommaire repas que lui offrit Vamireh et même, son appétit revenu, elle prit plaisir à mordre la cuisse rôtie du lièvre. Lui, charmé, regardait ses dents de louve, sa chevelure roulée au long du cou, et je ne sais quelle maternité se mêlait dans le jeune préhistorique à son amour croissant.

Furtive, entre ses cils baissés, elle se réaccoutumait à la présence du chasseur, le trouvait plus beau et plus puissant encore que la veille, mais le souvenir sacré de la tribu s'interposait entre elle et lui et la remplissait de regrets.

VII
Poursuite

Un peu après l'aurore, Vamireh et sa compagne atteignirent enfin le fleuve. L'esquif abandonné était toujours dans le buisson où il l'avait caché : il n'eut qu'à le charger sur son épaule et à le remettre à flot. Mais quand il voulut y placer l'étrangère, elle manifesta une répugnance violente. Il fallut presque la contraindre. Au reste, dès qu'elle fut embarquée, sa résignation revint, son fatalisme d'Orientale.

Vamireh, se tenant près de la rive où le courant était maniable, se mit à remonter le fleuve avec lenteur. L'heure était délicieuse, dans les rayons obliques, non chauds encore, toute la nature rajeunie sur les steppes. Des arbres plus nombreux annonçaient l'approche de la forêt. Vamireh espéra l'atteindre avant que le soleil fût à mi-route vers le zénith. À peine pagayait-il depuis une demi-heure, qu'il eut une alerte. Son œil aigu, là-bas, sur la plaine apercevait une troupe confuse, hommes ou animaux. Après quelques minutes, le doute ne fut plus permis ; c'étaient des hommes semblables aux poursuiveurs de la veille et, selon toute probabilité, les mêmes. Grâce au rideau des arbres, il y avait toute chance qu'ils n'aperçussent pas de suite l'esquif, tandis que Vamireh, proche de ces mêmes rideaux, et pour qui, en conséquence, toutes les trouées étaient autant d'observatoires, était en position de suivre leurs mouvements sur la surface déclive qui menait au fleuve. Ils n'allaient pas vite d'ailleurs, ils s'arrêtaient souvent, et il fut bientôt évident pour le nomade qu'ils suivaient sa piste, avec toutes les haltes que comporte ce mode de poursuite. Vamireh dissimula son impression à sa compagne et se mit à pagayer plus ardemment, avec l'idée d'atteindre la forêt et de débarquer à l'autre rive. Mais après quelques minutes, la jeune fille aperçut à son tour les arrivants et ses traits s'animèrent, une exclamation jaillit de sa poitrine, puis, tournée vers son ravisseur, elle le regarda d'une manière suppliante et humble. Ému, il baissa les paupières. Mais un dépit lui vint, une résolution farouche qui lui fit dire comme la veille :

– Vamireh est le plus fort !

Elle se tint raide, en apparence indifférente, épiant obliquement la venue des autres. Vamireh calcula que s'il pouvait être hors de vue au moment où ils atteindraient la rive d'assez près pour percevoir les détails du fleuve entre les végétations de bordure, ils hésiteraient nécessairement entre trois idées : qu'il avait descendu le courant, qu'il l'avait remonté ou qu'il avait traversé le fleuve et continué sa route vers l'Est. En maintenant la vitesse actuelle de son esquif, il serait possible d'atteindre l'île longue et étroite, couverte d'arbres, qu'il apercevait en amont du fleuve, à deux mille coudées.

Là, en obliquant à droite, il deviendrait impossible aux poursuivants de rien distinguer. D'ailleurs, à évaluer les distances et les vitesses respectives, Vamireh n'arrivait qu'à un à peu près et tout son salut dépendait d'une dizaine de coudées. Aussi coërça-t-il ses forces dans un effort suprême et il approcha rapidement de l'île. Mais en même temps les autres approchaient du fleuve. À un moment son inquiétude fut immense : un des Asiatiques venait de s'arrêter et, la main en abat-jour sur le front, semblait regarder dans la direction de Vamireh. Au geste dont sa main retomba, Vamireh devina qu'il n'avait rien vu, mais il ne resta pas moins acquis que déjà les rideaux d'arbres devaient sembler moins opaques aux autres pour que l'un d'eux eût tenté de les sonder. Par bonheur l'île approchait. Encore quelques coups de pagaie et Vamireh allait toucher la pointe. Alors, soudain, ayant compris la manœuvre désespérée, sa compagne se mit debout dans la barque et poussa un cri. Impuissant, Vamireh donna les derniers coups de pagaie, doubla le promontoire, puis, à l'ombre enfin, invisible, il atterrit dans une petite crique, il se leva furieux :

– Tais-toi !…

Sa main rude enlevait la jeune fille, la secouait toute. Elle eut peur, se tut, dominée, revenue à son fatalisme. Deux minutes, il resta colère, les tempes chaudes, puis il se calma, certain que le cri n'avait pas porté et se remit à surveiller la steppe. Décidément, il avait l'avance. Eux, là-bas, plus lents, plus hésitants, parvenus à une zone où des traces d'urus se mêlaient au passage de Vamireh, visiblement ne pouvaient encore explorer le fleuve. Vamireh les montra d'un doigt triomphant à l'Orientale :

– Ils ne te reprendront jamais… jamais !

Et, la forçant à se rasseoir dans le canot, il reprit la pagaie, il remonta en serrant l'île de près.

Pendant un temps indéterminé, la petite embarcation avança dans le silence. L'île s'élargissait, enchevêtrée, emplie d'une végétation farouche, les arbres dévorés de lianes. Des crapauds colosses, des échassiers, des palmipèdes se découvraient par intervalles. À travers l'encens printanier, la joie parfumée des corolles, un fleur d'humus, de bois moisis, d'organismes sauriens émanait de la pénombre. Partout des caps à doubler, des plantes fluviatiles sournoises entravant le canot. Les ogives des aulnes et des frênes attouchaient Vamireh et sa compagne et l'image tremblante des choses rebondissait sur les flots, revêtue tout ensemble d'une grâce plus discrète et d'une navrance vertigineuse.

Vamireh atteignit ainsi la moitié de la route, puis l'île se remit à décroître, à s'effiler en proue. Les eaux bleuirent. Enfin la pointe parut, le fleuve se montra large et limpide, la forêt se profila à trois mille coudées. Le nomade songea que, en gardant la gauche, l'interposition du vaisseau insulaire le maintiendrait sûrement invisible tant que ses adversaires n'auraient pas atteint la région riveraine correspondant au centre, en supposant qu'ils eussent continué la poursuite. Quand bien même ils auraient changé de rive (auquel cas le péril était plus proche) il atteindrait probablement la région forestière sans avoir été aperçu et là, l'entravement de leur marche donnait tout avantage à l'embarcation librement lancée sur les flots...

VIII
Nuit sous les branches

Encore la nuit ! La vie vaste et minuscule, le mystère des forces, des lieues de forêts, le heurt des molécules et des êtres, le tâtonnement intarissable de la terre, le dressement des organismes immobiles, aux veines froides, frissonnants aux passages frôleurs de l'air, le rôdement des faims et des angoisses et des amours, et un astre d'ambre pâle rôdant par les solitudes du firmament.

Entre des blocs moussus, Vamireh a construit l'abri provisoire, couvert et fermé de grosses branches entrelacées de lianes. La forteresse est solide et quelque fauve qui tenterait de la violer, Vamireh aurait le temps de l'atteindre mortellement, par les interstices, de sa pointe de sagaie imbibée d'un poison subtil et emmanchée dans une hampe de frêne. Vers le milieu de la nuit, un grattement éveilla le nomade et il regarda. Des loups rôdent auprès de l'abri, une panthère passe dans les constellations de l'ombre et du rayon. Cependant des soupirs rauquent s'élèvent, Vamireh aperçoit la silhouette d'un grand tigre qui dévore, vivante encore, une antilope.

– Elem ! murmure-t-il.

La férocité de la nuit entre très douce à son âme. Le mot qu'il a prononcé c'est le nom de sa compagne, le nom obtenu à la halte du milieu du jour, tandis qu'il la pressait de questions gesticulées. C'est la troisième nuit qu'ils passent en forêt, sans que le nomade sache s'il est poursuivi ou non. La fuite a été rude, le fleuve plein de trahisons, la forêt d'embûches, mais il a tout surmonte. À cette heure les péripéties reviennent par son crâne, mêlées au nom de sa compagne.

– Elem !… Vamireh est le maître d'Elem !

Il la contemple, endormie. Par les ajours de l'abri, c'était un flottement d'ondes pâles entrelacées de ténèbres sur le visage de la vierge. Vamireh palpita devant le profil indéfini, reconstruisit les traits pâles. À mesure qu'il a fui, à mesure qu'il a lutté pour elle et contre elle, qu'il a accumulé les labeurs pour la ravir, elle lui est devenue plus précieuse. Le grandissement de sa tendresse a coïncidé avec des pitiés subtiles, des délicatesses de sentiments naguère inconnues. S'il est âprement décidé à pousser au bout l'aventure, s'il veut Elem malgré elle, comme malgré tous les périls, en revanche il se sent plein de miséricorde et de patience. Seule l'imminence d'un péril, la peur de la perdre ou de mourir pourrait le porter à la brutalité du Troglodyte… Puis, il a d'elle un peu de frayeur religieuse. Elle l'effare de son silence, de ses yeux larges et immobiles durant des heures, de son mystérieux prosternement devant le soleil du soir et le soleil du matin et des paroles qu'elle dit alors, lentes, monotones et chanteuses...

Des branches craquent, un pas lourd s'entend dans la clairière, les loups s'effacent. Sous les ramures, appuyé sur les colonnes rondes de ses jambes, ses défenses blanches étincelantes aux gouttes de rayons, c'est le colosse quaternaire, le grand mammouth au déclin. Quelque inquiétude l'agite ou la fièvre printanière, un désir de se rafraîchir aux ondes du fleuve. Il avance souverainement et le tigre même recule, emportant sa proie. Vamireh, frémissant, admire la bête énorme. Il a pour elle le respect inculqué par les vieillards, il la sait vaillante et pacifique, il connaît l'histoire mélancolique de sa décadence.

– Llô ! Llô !

Elle avance encore, sa large tête se profile plus clairement dans la demi-ombre. Vamireh distingue sa crinière et son pelage, sa trompe sombre balancée synchroniquement, ses flancs énormes. Elle rase l'abri, elle s'éloigne et s'efface dans la direction du fleuve et Vamireh s'accroupit, songe qu'il peut prendre une heure de sommeil encore et ferme les prunelles. Il s'affaisse, les idées s'enrêvent puis s'éloignent et sa respiration égale marque le repos.

Alors, les yeux noirs de sa compagne s'ouvrent. Elle écoute la forêt, elle soupire. Un songe de délivrance la hante. Si elle osait, pendant qu'il dort, défaire les branchages de l'abri et s'enfuir vers le couchant, vers les contrées de sa tribu ? Mais Vamireh, sans doute, l'entendrait, s'éveillerait et elle tremble à la pensée de son cri de colère. Cependant, un sourire monte sur sa lèvre, la moquerie féminine, et elle ne se sent pas uniquement une vaincue. Elle l'a vu embarrassé et timide, elle a fait reculer le désir du barbare. Tout cela, elle le comprend presque aussi bien que les filles de l'homme qui vivront dans les lointains de l'avenir, elle en a la science confuse à la fois et subtile. Par-là, sa frayeur se mêle d'indulgence, sans que pourtant elle puisse oublier ceux avec qui a poussé son enfance, les êtres de sa race et sa famille et les jeunes mâles qui parlent sa langue. Ah ! si elle osait ! Mais plus encore que de la colère de Vamireh, elle a épouvante des embuscades féroces qui l'entourent, de la grande forêt carnivore, elle se figure sa débilité sans la massue et la sagaie du ravisseur.

IX
L'idylle naissante

Aux jours de fuite fiévreux où le géant blond, de grand matin, la tirait de son sommeil, aux alertes nocturnes, au frémissement des chasses, l'idylle naquit dans Elem. Tout le rêve, à travers les prunelles sombres, revêtait le décor sylvestre et Vamireh s'y mouvant, tandis que les steppes natives, les tribus pastorales se fondaient, se perdaient au confus horizon du souvenir.

Mais plus fort grandissait l'instinct des résistances dernières, la crainte de ses flancs féconds, la volonté de l'abri, d'un sort moins inquiet, et tandis que s'ébauchait leur union dans l'habitude, dans la contagion des corps, ils semblaient plus loin l'un de l'autre, farouches et concentrés. Parfois, cependant, les heures captivantes, du midi pour la chair, du crépuscule pour la pensée, rompaient le charme d'indifférence. Alors la fille brune, attiédie du contact chaud de l'air, ou bercée à la vague rumeur du rêve, distendait l'âpre vouloir, abandonnait ses yeux aux yeux de l'Homme, livrait un peu d'intimité. Quelque fauve rugissant, l'éclat des foudres, les subites craintes nocturnes la jetaient aussi contre lui.

Parfois il obtenait qu'elle chantât les mélopées qui dans sa tribu accompagnent le travail. Il l'écoutait, suivait la mesure, se faisait à la musique de la langue inconnue, tout charmé dans sa candeur de sauvage. Comme un enfant qui balbutie, il reprenait le chant, se ployait aux articulations mystérieuses. Car c'était lui qui apprenait le dialecte étranger, habile déjà à désigner des objets, à vocaliser des mouvements. De son côté, elle s'intéressait aux armes, aux sagaies dont il employait plusieurs espèces, celles à bases fendues pour recevoir la hampe, celles à pointes s'enfonçant dans un trou de la hampe, aux harpons plats ou à baguettes, aux poignards, aux racloirs ; mais elle se passionnait surtout pour la fine aiguille à chas et le fil tiré des tendons du renne, choses inconnues dans sa tribu où, bien qu'on sût l'art d'entrelacer des fibres végétales, on employait encore uniquement le poinçon. Elle ne béait pas moins à la sculpture et à la gravure, effarée de la patience, de la sûreté des coches, de la vérité des analyses. Curieuse, elle écoutait Vamireh, essayant d'expliquer le mode de vie des Pzânns ; elle suivait la pantomime de l'homme indiquant des dimensions, mimant des cérémonies, décrivant la demeure. Une fois, elle s'informa du sort de la femme : après des efforts, elle comprit la répartition en familles, sous la direction des vieillards. Elle s'en étonna, car elle relevait encore des tribus monogames, aux unions périodiques avec des tribus amies, les enfants élevés par les mères, les pères réciproquement gardiens chastes des épouses et protecteurs vigilants des petits. L'enlèvement des filles était la coutume, aussi la colère des Orientaux ne provenait-elle pas du rapt d'Elem, mais de ce que Vamireh eût commis ce rapt sans alliance préalable, et, plus encore, de l'horreur mâle d'une race lointaine.

Pourtant ils se comprenaient peu, tout détail impossible. Les longues heures s'écoulaient à la marche, à la chasse, à la cuisine. Ils se frôlaient, ils agissaient en commun, tels deux enfants lâchés par les vastes forêts. Elle avait des soumissions pour toutes les nécessités stratégiques, humble presque à se laisser guider, mais se réservant à chaque halte dans une attitude faite de crainte et de coquetterie.

Lui gardait on ne sait quelle douceur digne, triste parfois, brusque avec les choses, froissant les branches d'arbre, et courant sus aux loups et aux panthères, mais sans violence pour elle. Lorsqu'un passage périlleux s'offrait et qu'il la prenait dans ses bras, l'étreinte submergeait son cœur d'un flot de passion, mais il gardait l'humilité du lion devant sa femelle, une noblesse de haut barbare. Là-bas, d'ailleurs, aux Grottes, des épreuves précédaient les épousailles, une déjà exquise compréhension des transes fécondes de l'amour, chagrins et joies, fièvres vaincues, luttes intimes destinées à devenir les grandes batailles de la future humanité. Vamireh acceptait l'épreuve qui devait grandir l'espèce, la séduction lente, les félicités prises à mesure, sans trop grossiers triomphes, et par là surtout les générations sorties de lui seraient glorieuses à travers les Temps.

X
Combat

Depuis l'aube, le canot glisse dans l'abondante fraîcheur sur le fleuve élargi. Du jour puissant coule par la travée ouverte en haut à l'intervalle des frondaisons. Au loin, des îles s'échelonnent et l'image des arbres près de la rive, leurs ombres noires, leurs vies frissonnantes possèdent une beauté vertigineuse. Autour, la forêt est comme un antre obscur à mille ouvertures béantes, toute peuplée des bruits de la vie, formidable couvert de l'éternelle lutte, abriteuse des races adverses, propice aux pièges de l'attaque et aux remparts de la défense, soute aux vivres commune à la bête frugivore et à la carnivore, au reptile et à l'oiseau.

Vamireh tient le harpon à crans, désireux de frapper quelque poisson. Une quiétude lui est venue. Après les longues courses des derniers jours, une nécessité de repos l'arrête souvent à de petites besognes : réparation d'armes ou de vêtements, affût d'animaux à la chair friande. Ce matin, la pêche le passionne. Déjà deux fois il a manqué sa victime, car plus prompte fuit la bête des eaux dans les remous de son hélice que ne s'élance la main de l'homme ; une troisième fois le harpon s'abaisse et Vamireh tenant la hampe darde la pointe aiguë au flanc d'un jeune esturgeon. Le poisson ondule et tressaute ; les crans s'opposent à la sortie de l'arme, mais sous les bonds électriques de la proie les liens courent grand risque de rompre, et il faut que Vamireh manœuvre habilement pour éviter les coups trop nets ou trop perpendiculaires. Il pagaie de la main gauche, pousse devant lui sa prise jusqu'au bord du fleuve : là il enfonce davantage le harpon, le soulève enfin et jette sur le rivage l'esturgeon sanglant.

Il se hâte de préparer le repas. Bientôt, rongées par les flammes, les branches sèches, les tiges herbacées ont fait un tas de cendres grises où des tranches de la proie sont enfouies… Elles en sortent savoureuses, de chair tendre, et les deux jeunes gens les dévorent.

Un peu engourdis du bon repas, leurs yeux explorent la diversité des choses : ils sont assez loin de la rive, dans un cirque bordé de hêtres énormes. Les broussailles abondent, travaillant à recoudre l'hiatus là produit par une vieille catastrophe, à refaire l'intégrité de la forêt. De larges composées s'ouvrent avec un fleur amer et des chardons colosses, hérissés, barbelés, croissent superbes et terribles.

Elem et Vamireh rêvent doucement dans une parfaite quiétude et voilà qu'une flèche passe à une coudée du Pzânn. Il se dresse, saisit ses armes. Son œil expert découvre des silhouettes humaines derrière les troncs des hêtres. Ces silhouettes bientôt émergent et une volée de flèches plane. À cette heure de péril, l'instinct jette Elem sur la poitrine de Vamireh, tandis que la lutte s'engage, tandis que les ennemis, au nombre de sept, se rapprochent vivement. Trapus, ce sont les hommes d'Orient, aux yeux d'Erèbe. Ils savent la rapidité de Vamireh et se rabattent sur lui en éventail de manière qu'il ne puisse échapper à leurs coups... Déjà les arcs sont tendus, les flèches envenimées prêtes à parcourir leurs redoutables paraboles, mais des voix s'élèvent dénonçant le danger d'Elem, et toutes les mains abandonnent l'arc pour la lance.

Fier, Vamireh les regarde et son cri de bataille remue le cœur des plus braves. Il reconnaît dans ses ennemis la Race d'Elem, le crâne large, la peau brune, les yeux sombres. Des tatouages ornent leur front et leurs bras, un robuste vieillard les guide. Vamireh a pris sa sagaie... Les bruns s'abritent derrière les troncs proches... Alors Vamireh étreint Elem et commence sa retraite vers le fleuve où il espère pouvoir s'embarquer... Un ordre du chef, les flèches pleuvent, le Pzânn les pare adroitement et sa fuite s'accélère.

Tactique très bonne dont les Orientaux se dépitent, car trois d'entre eux s'élancent. Mais la sagaie de Vamireh frappe le plus agile et le Pzânn rit du grand rire triomphal de sa race à songer que les deux survivants ne sont point de force à lutter contre lui... Sa massue tournoie dans le vide avec défi, sa robuste poitrine laisse partir des rauquements farouches, son bras se plaît à l'extermination... Le chef voit la perte des siens, il leur ordonne d'attendre et, sous les paroles impérieuses, ils obéissent.

Une trêve. Parmi les grands chardons, les Asiatiques se dissimulent, coupant la retraite sur le fleuve. La cendre des hêtres, leur colonnade obscure, les pénombres éternelles sous les frêles croisillons de la branche, Vamireh les revit dans une mélancolie belliqueuse, tandis que le soleil éclaire le grand cirque, la levée incohérente des broussailles d'où les Orientaux épient l'ennemi. Dans la tête longue du Pzânn, à travers la fièvre de la lutte, une impression de lutte pesante, l'effroi de reperdre Elem, de se retrouver pour les longues journées du retour dans le mutisme pétrifiant des choses.

Il n'a plus au jet que le harpon. Le capitaine oriental veut une attaque d'ensemble où, s'il faut qu'un périsse, les autres aient au moins la chance de le venger. Éparpillés afin de ne point offrir une mire trop certaine, ils courent sus au ravisseur... Le harpon ne fait pas de victime, la corne trop tôt détachée de la hampe. Mais Vamireh trouve une ressource nouvelle dans un silex ovoïde qu'il porte sur lui. Il s'en sert comme d'un projectile qui va frapper le vieillard commandant. Celui-ci s'affaisse, stoïque, en lutte silencieuse contre la douleur. Il la vainc, il se relève, rejoint ses hommes, et ses traits respirent l'angoisse avec la haine.

Vamireh veut encore essayer de fuir. Il saisit Elem, bondit. Des flèches le suivent : une blessure et c'est la mort... D'ailleurs, chargé d'Elem, n'ayant qu'un champ restreint à fournir, presque pas d'avance, il sera rattrapé au bord de la rivière avant que le canot puisse prendre le large. Il dépose la jeune fille, la laisse libre. Elle ne s'éloigne pas, pleine d'anxiété pour le Pzânn. Il la comprend, et avec une pensée dernière à Zom, à Namir, aux grottes et aux grandes plaines, il accepte le combat...

Corps à corps, les flèches rendues impossibles, la mêlée débute mal pour les Orientaux ; une lance est brisée par la massue de Vamireh, une autre par lui conquise, et, terrible ambidextre, il fait usage à la fois de ses deux armes... Reculant, avançant, selon les chances, il parvient à tenir en respect les cinq brachycéphales, et même il en blesse un légèrement à la poitrine... Mais ces péripéties l'ont éloigné d'Elem... il la voit entre les mains ennemies et s'aventure pour la reprendre... Une lance lui ouvre le côté, le sang coule... Sa formidable revanche brise le crâne d'un Oriental, en jette un deuxième à terre, l'épaule fracassée, tandis que le chef reçoit un coup de pique à travers la cuisse...

Pourtant le Pzânn s'affaiblit ; ses dernières forces se coercent pour la défensive. Elem pousse des clameurs hurlantes tandis que ceux de sa race se préparent à l'assaut ultime, tandis qu'une ardeur guerrière fait se traîner l'énergique vieillard lui-même auprès de l'ennemi blessé... C'est la fin. Vamireh s'apprête à fuir. Sa massue fait encore un tour, encore une victime... puis il ramasse en hâte une lance et un harpon, il court jusqu'au fleuve, arrive au canot, s'y place et trois coups de pagaie le livrent au courant. Ses adversaires pèsent le danger d'une lutte aquatique. Le chef interdit d'en courir le risque... Alors tous s'emparent de leurs arcs, mais le tir même devient inutile, car la barque disparaît derrière un îlot.

XI
Vâmireh

Étendu au fond de la petite barque, Vamireh fermait de la main sa blessure. Du sang figé la couvrait. Il attendait depuis une heure que vînt une réaction favorable pour gagner la rive, car la perte du sang le jetait aux limbes du rêve, à un demi-évanouissement très doux, où la perception nette de son corps lui échappait. Les choses circulaient comme amincies, frêles, tandis que sa poitrine se perdait dans les délices d'un flot tiède, asphyxiant et angoissant.

Puis, la crise passa. Avec la fièvre du mal la force naquit. Le Pzânn put mener sa barque jusqu'à la rive, il put y descendre et recueillir les feuilles balsamiques et la résine convenables au pansement. D'abord, il lava sa blessure à grande eau, puis il en rapprocha les lèvres, appliqua des feuilles enduites de résine et une large bande de peau par-dessus. Ce pansement, d'une solidité à toute épreuve, permettait une évaporation suffisante et même livrait passage à la suppuration. Au bout de huit jours, il faudrait le renouveler ; mais, en attendant, grâce aux feuilles aromatiques et à la résine, les complications étaient peu à craindre.

Vamireh sentit un grand soulagement ; l'inquiétude vague que tout mal porte en soi disparut et il vint un orgueil considérable, une joie de victoire. Voluptueusement il apaisa sa soif et sa faim, puis se mit en quête du bois nécessaire à la fabrication de nouvelles armes. Il eut vite les hampes : douze petites pour des sagaies, une grande pour la lance. Comme il y travaillait, la tentation lui vint d'avoir un arc et des flèches à la manière orientale, en bois durci au feu. La barre de l'arc était plate mais large avec une encoche ronde très légère pour diriger la flèche. Vamireh déracina un jeune frêne dont il brûla les extrémités, puis il passa de longues heures à râcler le bois pour l'amincir en se servant tour à tour du feu et du silex.

Le soleil se coucha avant qu'il pût achever, et il reconnut qu'il faudrait au moins deux jours sans compter la besogne d'affûter les flèches. Aussi, tout en cherchant le meilleur abri nocturne, se promit-il de terminer d'abord la lance, les sagaies, les harpons, afin de se prémunir contre toutes attaques, d'ailleurs improbables. Les Orientaux avec leurs deux morts, leurs blessés dont le chef, ne se soucieraient guère d'ouvrir les hostilités. Ils allaient, au plus vite, regagner leurs steppes en emportant la jeune fille. Vamireh sourit en pensant qu'ils ne la tenaient pas définitivement et il s'endormit tard, enfiévré des stratagèmes qu'il combinait pour la reprendre.

Le lendemain, à son réveil, une grande faiblesse le tint couché. La cicatrisation débutait. À peine put-il se traîner jusqu'à la rive, où il s'endormit tout de suite après avoir bu, au risque d'être dévoré par les fauves. Le soleil tenait le zénith lorsqu'il reprit conscience. Il se désaltéra de nouveau. Sa tête bruissait, ses veines palpitaient, sa pensée était lourde.

Il comprit que la journée était perdue, s'y résigna et se fortifia dans son canot près de la berge du fleuve. Avec des pauses où il allait s'abreuver comme dans un rêve, les ténèbres furent sur sa vie jusqu'à l'aube prochaine. Il frôla le Néant. Toute la nuit sa robuste poitrine agonisa dans l'ombre. Les périodes de la crise s'escaladaient les unes les autres comme des vagues de marées. Mais, avec l'aube, le calme vint, le sommeil réconforta et, au quart du jour, Vamireh s'éveilla de faim.

Il vérifia son pansement. Toute douleur avait cessé ; les chairs, presque unies en première intention, n'avaient qu'un bourgeonnement léger ; la rougeur disparaissait de la poitrine. La tête était libre. Vamireh se mit en quête de nourriture, armé de ses deux uniques armes restantes, un harpon et une lance. Le sous-bois, à ce moment, offrait peu de ressource et, par surcroît, l'embuscade seule était possible, car le blessé n'eût pu fournir un élan quelconque. Trois heures coulèrent où il ne passa que de petits carnivores à la chair répugnante, et déjà la faim commençait à tordre terriblement les entrailles du chasseur quand parut un harpail conduit par un bel élan mâle. C'était de gros gibier dangereux, mais d'autant plus séduisant que le bois du mâle défraierait tout ce qu'il fallait en pointes de lances, de harpons et de sagaies. Vamireh regretta davantage, à cette heure, de ne pas avoir d'arc qui permît l'attaque lointaine, car l'élan vengeait souvent avec énergie le meurtre de ses biches. Celui-ci était un cerf colosse, grand comme nos grands chevaux actuels, et son bois s'empaumait par-dessus sa tête en ramure de hêtre défeuillé : deux fourches d'abord, puis une large table garnie de pointes recourbées.

Le Troglodyte, sous le couvert, avec d'infinies précautions, se rapprocha du groupe ; mais la distance restait trop considérable pour espérer de pouvoir lancer fructueusement l'unique harpon. Il attendit donc. Les animaux broutaient, jouaient, si bien qu'à un moment une biche folâtra à portée du bras de l'homme. Le harpon siffla, s'enfonça. Un bramement d'agonie et la bête s'abattit, tandis que le troupeau s'ébrouait, filait dans les halliers, laissant le mâle immobile à scruter les épaisseurs feuillues. Après une minute, le grand cerf s'approcha de la victime et il piétina nerveusement le sol, partagé entre le désir de se venger et la crainte de l'inconnu. Cependant, la passion du bois superbe de la bête hanta Vamireh ; par un mouvement irréfléchi, et tout maladif, il sortit du couvert, la lance en arrêt et la fourrure du spelaea à la main.

L'herbivore hésita, sa prunelle oblongue perdue dans le rêve des futaies ; mais déjà l'homme reculait et l'instinct de la bête connut en cela une faiblesse. Prompte, sa tête rasant le sol, elle fondit sur le barbare.

Il la vit venir, s'effaça, suspendit aux pointes fourchues son lourd manteau, puis, tandis que le cerf se débarrassait en un hochement formidable, il pointa la lance entre les côtes et la poussa jusqu'au cœur. L'animal chut. Vamireh s'abattit également, épuisé par l'effort. Mais il se releva bientôt, alluma du feu, fit cuire un morceau de la biche.

Son appétit satisfait, une grande tristesse lui vint. Elem lui manqua. Il la revit bien plus précieuse, ses yeux bruns, son air farouche et tendre à la fois. Il se souvint des péripéties de la lutte où elle ne l'avait pas abandonné. Son regard la chercha aux sous-bois, et ce fut une constriction du cœur, bientôt intolérable. Il cria le nom de la jeune fille, rêva âprement aux moyens de la reprendre.

Les bois se taisaient, dans l'heure chaude. Le soleil miroitait sur le fleuve, pleuvait par petites ellipses à travers la densité frêle des arbres. Les fourrés reposaient comme de grandes nuées et l'espace couvert aux frondaisons hautes, pleines de lueurs éparses, avait des échappées confuses, des enfoncements de gouffres. Affiné de douleur et de solitude, la vue de ces choses remuait l'être du Troglodyte jusqu'à la souffrance. Il eut tour à tour envie de sommeil et d'art, il revécut une journée de travail qu'il sculptait aux grottes un bâton de commandement et cela le ramena à l'élan et aux nouvelles armes.

Armé d'un silex à fines dents de scie, il se mit à la besogne. Au soir, il avait détaché le bois de la tête. Un peu de fièvre le reprit alors, car le va-et-vient du bras avait irrité sa blessure. Dans l'oisiveté et ne pouvant dormir, l'envie le tenailla d'une expédition pour reconnaître les traces d'Elem. Il se glissa dans son canot, descendit le fleuve.

La nuit le cachait dans la grande ténèbre. Le fleuve semblait une voix de silence, toute basse et chuchoteuse où seuls des batraciens isolés coassaient, rauques et tristes. Par les surfaces alternatives d'ombre et de reflet, le vol ballant et sûr de l'aveugle chauve-souris se perdait et se retrouvait sans cesse. La bande du ciel étoilé élargie au-dessus des arbres plongeait un abîme dans les flots.

Quelques coups de pagaie l'approchèrent de la rive où il avait lutté contre les Orientaux, puis il s'abandonna au courant, cachant sa silhouette de manière que la pirogue pût sembler de loin un tronc déraciné. D'abord ce furent des solitudes certaines où la faune restait quiète, puis des indices vagues relevèrent une présence redoutée. Enfin il aperçut des tas de pierres marquant la place de tombes et, une heure plus tard, la flamme d'un brasier dénonça la veillée des adversaires.

Longtemps, Vamireh observa. Elem devait être couchée à l'opposite du feu. Un guerrier veillait qui levait, de temps à autre, une de ses mains vers le ciel afin de ne point dormir. Le foyer projetait ce mouvement en une ombre gigantesque par-delà le fleuve. Le Pzânn serrait son harpon, mesurait l'éventualité d'une attaque, sa fièvre et sa faiblesse le poussant au téméraire.

La rumeur des bois grandissait sous la brise. L'eau s'éclairait d'un phosphore pâli, un fond de halo où vivaient des branches lointaines, des havres semés de roseaux. Le travail des nues changeait à tout coup la face de l'onde, y jetait un voile de plomb, une veilleuse tremblante ou un ruisseau de constellations.

Un drame émut l'âme de Vamireh. Derrière le bûcher, le visage dans la lumière, Elem se montra. Ah ! la reprendre, l'emporter comme jadis ! Mais, à l'effort interne, il sentit sa blessure mal close, son bras impuissant ! Quelques jours encore, il aurait reconquis toutes ses énergies. En attendant il pouvait suivre la piste et choisir son heure. Il déposa doucement le harpon, empoigna la pagaie et, avant de retourner à son dernier gîte, il laissa le courant le mener à l'autre rive. De là, il pagaya avec prudence, sa vitesse presque nulle d'abord, grandissant à mesure.

Une heure avait coulé. Le canot avançait péniblement, quoique Vamireh se tînt près de la berge. Outre le courant, il devait lutter contre des algues où sa proue s'enlisait, qui surchargeaient sa rame. Et il allait se résoudre à prendre terre, lorsqu'une sorte de chenal parmi les roseaux le tenta. Il y poussa sa barque, et, un temps très court, la navigation redevint heureuse, puis le chenal se clôtura de longues herbes aquatiques.

Dans l'espoir de retrouver les eaux libres à une courte distance, le Pzânn, tout fébrile, écarta l'obstacle, y entra. Avec de courtes chances, de petites mares seulement couvertes de lentilles, les roseaux, les algues, les joncs persévérèrent, si bien qu'une extrême lassitude pesa sur la poitrine de l'homme et qu'il dut s'étendre un moment au fond de sa pirogue.

La nuit avançait, un pressentiment d'aube pâlissait le zénith, des cris de coq sylvestre sonnaient par les massifs. La légère parlerie des feuilles aiguës se froissant et bruissant comme des pennes, le clapotis d'une loutre et l'éternelle rumeur du fleuve piquée de notes claires étaient les seuls bruits de la solitude. Les choses paraissaient plongées dans une brume grise semi-transparente ; à peine si on apercevait sur l'autre rive la lisière noire de la forêt, entre l'onde et le ciel pâlis.

Vamireh se releva. Une torpeur extraordinaire l'engourdissait, le jetait au sommeil. Il eut hâte de trouver le gîte et mesura la distance du rivage. Elle parut considérable, d'autant que la végétation s'épaississait toujours plus. Une minute, il pensa d'abandonner l'effort, de dormir dans son canot ; mais il suffirait d'un mouvement pour verser l'embarcation et la blessure ne permettait pas le geste ample de la nage. Résigné, il se dirigea vers le bord, s'aidant de la pagaie, ensanglantant ses mains aux feuilles coupantes des roseaux, tirant, poussant la frêle pirogue, très las, très nerveux, avec de longues haltes.

Le jour venait, tout parut pâle à l'être exténué : les eaux, le ciel, la forêt. Le large fleuve sortait d'un horizon de buée et se perdait dans la buée encore.

La berge fut là. Comme Vamireh débarquait, écartant les hautes tiges, il aperçut une panthère aux prises avec un tout jeune mammouth. Le petit herbivore, pitoyable, essayait en vain d'écarter de la trompe son adversaire. On voyait au loin la course impétueuse de la femelle arrivant au secours de sa progéniture et le barrit du mâle dans les roseaux annonçait qu'il allait atteindre la rive à la nage. Mais un bond de la panthère la posa sur le dos de l'éléphanteau et déjà ses griffes fouillaient le cuir épais, ses crocs se portaient vers le ventre quand le nomade apitoyé intervint. Il poussa un cri de guerre, lança son harpon et s'avança vers le félin. À peine le harpon fit-il paraître le sang sur la robe tachetée ; la panthère recula, grondante, tandis qu'émergeait la vaste tête du mammouth mâle : presque en même temps parut la femelle.

Alors la panthère gagna les halliers et les proboscidiens énormes, pendulant leurs trompes s'éloignèrent. Vamireh les regarda décroître dans la distance, ému de leur bonheur et de leur force ; puis il chargea son canot sur ses épaules, entra sous bois, dépensa sa dernière vigueur à recueillir de grosses branches pour la consolidation de son abri sous la barque. Lourd, trébuchant, il commençait d'enfoncer en terre, au pied d'un arbre, celles des branches les mieux faites à cet usage, mais il dut interrompre sa besogne ; la torpeur plus forte le domina et, tandis qu'il essayait de s'asseoir, il roula anéanti au Nirvanâ du sommeil.

XII
Le mammouth

C'était une clairière parmi des hêtres, des chênes et des ormes. Il y poussait des carex, de l'ivraie mêlés à des renoncules, de floconneux séneçons, des orties dioïques. Sous les gladioles de l'herbe, par les feuilles, les fleurs, les tiges, les racines, allait le monde des insectes, ébauche matérielle du monde idéen de l'homme, pratiquant les physiques et les chimies, les industries de l'outil et de l'acide, créant la tarière, le foret, la scie, la spatule, la filière, le creusement à la pelle, la perforation aux caustiques, les galeries de mine, l'habitation sociale, la cloche à plongeur, le glaive et l'armure, la lumière, la soie, l'étoffe, la cire, le sucre, le miel...

L'aube les trouvait au travail. La grosse mouche magdalénéenne voletait à angles nets dans les premiers rayons, la guêpe visitait des corolles, d'énormes piérides ballottaient sur des ailes veloutées, les nuées des moustiques revenaient du fleuve prendre abri sous les feuilles, les légions de la fourmi emportaient des pucerons, des étamines, des graines, tous les débris des minuscules batailles vitales, la cicindèle à l'affût dans son puits guettait une proie, le nécrophore aux fins liserés pâles cherchait la charogne où déposer ses œufs, la vrillette heurtait du front l'écorce des ormes, le grillon s'endormait las d'avoir tant vibré, les forficules dressaient leurs pinces au fond des corolles, et, pareil au tigre, le carabe agile bondissait sur le scarabée.

L'homme croulé, la forêt parut inquiète. La zone circonscrite par les ouïes, les vues, les odorats aigus des fureteurs de souches ou de ramées tout autour du Roi bipède commença de décroître petit à petit : des nez pointus, de fins cornets d'oreilles, des perles noires d'yeux saillants, de longues moustaches antennes, scrutèrent les essences émanées de l'homme, connurent sa faiblesse. Des rats vinrent, affriandés par les courroies enduites de moelle ; puis ce furent les têtes curieuses de loirs et d'écureuils que guettait le grand lynx quaternaire, à la fourche des hautes branches.

Du temps coula. Le soleil trempa la clairière. Le ruissellement de la vie grandit avec les rayons, les mouches plus nombreuses à tracer l'énigme de leur vol, les bourdons, les abeilles, plus rapides et plus sonores, la chasse des oiseaux activée sous les branches.

Cependant, déçue de sa course nocturne, toute affamée, une hyène boitait par les haillers. Sa narine perçut l'odeur de l'humain parmi celle du cuir et de la graisse. Elle s'approcha ; les rats s'enfuirent, et la mangeuse de cadavres, sans sortir du couvert, sut que l'homme n'était pas mort. Un espoir pourtant la fit se tapir à l'ombre dans un demi-sommeil.

Les longs fils soyeux de la lumière tombaient toujours plus droits à travers les trous de la ramée, l'ombre atteignit son minimum puis se remit à grandir. Vamireh dormait toujours, guetté par l'hyène. Les oiseaux s'alanguissaient, les grands arbres restaient sans voix, la fourmi ébranlait les glaives de l'herbe, le frelon courbait en s'y accrochant la hampe grêle des fleurettes, les mouches susurraient éperdument et des hardes de chevreuils brisaient des branches à la prestesse de leur course.

Vers les deux heures après-midi, des chacals eurent vent de la fétidité de l'hyène, et rallièrent la portion de bois où elle se trouvait. À leur tour ils s'embusquèrent dans les fourrés, et leur trouble glouton, leurs cris sinistres ouvrirent à des corbeaux la perspective d'une large curée. Ils vinrent, nombreux et croassant, leur vol noir une minute obscurcit la clairière, puis ils élirent un hêtre pour y percher. À quatre mille mètres d'altitude, trois vautours connurent l'émoi du corbeau et churent vertigineusement sur un arbre proche.

Ces convoitises cernaient Vamireh étendu, méfiantes les unes des autres, les nocturnes appelant les ténèbres, les diurnes craignant la fin du jour. Une hésitation les tint d'abord cois et s'observant ; puis les chacals reculèrent inquiets de l'hyène, une panique dispersa un moment les vautours. Rien ne prévalut contre les corbeaux, massés par centaines, la cisaille de leur bec prête à toute agression.

Ils ouvrirent la fête ; graves et comiques sur les branches de leur hêtre, ils préludèrent à une sorte de danse, s'avançant vers l'extrémité des perchoirs jusqu'à ce que l'un d'entre eux tombât : celui-là voletait une minute, croassait furieusement et venait se remettre à la file. Les cris et le jeu effarèrent les nocturnes et quand, en nuée, avec du vacarme de grêle en forêt, les vociférateurs descendirent sur l'homme, l'hyène détala, l'alarme se mit dans les chacals… Eux, cependant, marchèrent, l'air myope, sagace et grotesque, leurs terribles mandibules comme un gros nez au bout de la tête, tout le corps moiré de noir bleu. À deux mètres de Vamireh, du doute ; ils cessèrent de croasser, et les plus vieux tinrent un conciliabule en accents bas, gargouilleurs, alternés de danses. Mais un mouvement du Pzânn décida la déroute : les oiseaux regagnèrent les branches.

Un arrêt : on entendit rire l'hyène et pleurer les chacals ; puis, dans le silence refait, l'aile des vautours claqua lourdement, les trois rapaces tombèrent sur le sol. Leurs cous chauves émergeaient, très fermes, d'un beau collier de fourrure blanche, la tête longue, de cendre pâle, semblait quelque tête de mammifère bénin, chameau, kangourou, antilope. Longtemps, ils restèrent comme des veilleurs immobiles, les coudes de l'humérus en épaules hautes et pointues, le col paraissant jaillir de la poitrine, les ailes formant manteaux, garnies d'une belle frange claire de pennes bâtardes. De forte race, l'envergure de leur vol allait à huit pieds ; leurs serres puissantes, avides à fouiller les chairs mortes, tenaillaient des proies animées aux heures de famine… Pesèrent-ils l'agonie de l'Homme, le reliquat d'énergie des muscles souverains, la bondissante poitrine, la nuque d'urus ? Ils ne bougeaient point, mais les canins faméliques, las d'attendre, se prirent à ramper par les halliers : alors les oiseaux ramèrent sur place avec fracas : les chacals épouvantés s'arrêtèrent, et le plus vieux vautour marcha vers la tête blonde de Vamireh.

La chevelure débordée sur la face couvrait à demi les yeux, la grande moustache fauve frémissait au dur ahan fébrile, une sorte de rire provocateur levait la lèvre parmi la mansuétude résignée des plis de la bouche. L'épaule mi-nue semblait de pierre polie ; les câbles tordus des triceps contaient le poème des fibres en faisceaux, par milliers attelés au même travail ; la fourrure du spelaea cachait le torse où bondissait le cœur en tumulte.

La Forêt faisait, plus silencieuse, son travail de cité colosse. La vie repue, sous toutes ses formes, dormassait aux tanières, aux nids et jusqu'aux galeries de l'insecte. Les corbeaux, intéressés à l'action du vautour, menaient un train discret, les chacals fermaient en bâillant des yeux éblouis, l'hyène creusait la terre de ses pattes de devant : des bruits faibles venaient, de petits cris, de petits chants, la chute des fruits mûrs, comme les déclenchements diffus de l'horloge des choses.

Cependant le grand rapace, par un interstice de la chevelure, regardait la paupière mi-close du Pzânn où la sclérotique apparaissait. Crever l'œil, c'est l'instinct de l'oiseau de proie ; le vautour s'y décida. Une approche lente le mit à portée. Ses compagnons, alors, vinrent aussi et l'un d'eux posa sa griffe sur l'épaule nue.

La main de Vamireh, dans l'inconscience, se porta au point menacé, s'abattit sur l'aile de l'oiseau ; la bête riposta d'un coup de bec au poignet. La blessure éveilla des facultés défensives chez l'homme : comme en un cauchemar, ses poings d'athlète trouvèrent le cou du vautour, tandis que son visage se cachait dans l'herbe… Deux minutes les serres crochues s'acharnèrent sur la peau du spelaea, puis l'asphyxie vint, et la mort sans que les doigts de Vamireh lâchassent prise. Déjà les vastes rames des survivants frappaient l'air, leurs corps s'élevaient jusqu'à la cime des arbres, hésitaient une seconde, puis, par une large ouverture, s'évadaient vers le ciel.

Le grand nomade, après l'action, retombé dans sa léthargie, eut toute l'apparence d'un cadavre, et les corbeaux déléguèrent dix d'entre eux pour s'éclairer. Les autres suivirent une conférence où des gargouillades répondaient à des sons creux, avec des reprises en commun. Les dix surent tôt que la grosse proie restait dangereuse, mais la charogne du vautour les tentant, ils l'explorèrent. L'homme tenait cette charogne dans sa main crispée. Avec des minuties circonspectes, inspirées par leur forte tête de passereau, ils tournèrent l'animal et attaquèrent le col chauve : une brèche s'y fit, les terribles cisailles l'approfondirent et bientôt la tête seule du rapace restait dans la main de Vamireh. Alors, s'attelant, ils traînèrent leur prise à plusieurs coudées.

Les chacals crurent le moment favorable. Jappant et hurlant, on les entendit venir, telle une averse sur des feuillages. Les dix corbeaux s'élevèrent avec des « croaa » furieux. Mais ceux d'en haut déjà tombaient par centaines sur les échines des carnassiers prompts à fuir devant l'agression imprévue. La troupe noire resta maîtresse du champ de bataille et commença de dévorer le vautour.

L'hyène avait cessé de fouir. La torsion plus âpre de ses entrailles la poussait à l'audace. Quoique superbe encore, la race décroissait, perdait de plus en plus l'offensive. On était loin du monstre de ce genre, du Machaerodus agresseur des proboscidiens, aux canines en lame double, longue d'une coudée. Peut-être, à des cavernes, la grande hyène traînait-elle encore des herbivores palpitants, mais celle-ci, hyène tachetée, malgré ses canines, ses molaires, – les plus solides de l'animalité contemporaine et capable de broyer le fémur de l'aurochs – s'en tenait à la chair morte de préférence, ou forçait la taupe, le campagnol, d'autres petits fouisseurs dans leurs galeries.

Lente, elle s'avança, basse d'arrière-train comme une bête qui rampe, la tête fendue flairant l'homme, plus inquiète à chaque seconde. À un bond de distance, elle calcula, fixa la gorge, rêvant le coup du chien et du loup : l'étranglement... Elle n'osa, toute nerveuse, grattant le sol.

Pendant qu'elle hésitait, la lutte reprenait entre les chacals et les corbeaux. Les canins firent une sortie et, cette fois, tandis que s'envolait l'adversaire, ils purent conquérir les reliques du vautour. Ce ne fut qu'une maigre curée ! Fins et souples, leurs yeux clignotants à la lumière, ils croquaient les os du volatile, précautionneusement. Mis en appétit, ils songèrent à la grande proie. L'hyène ne s'opposa point, même il parut que des deux parts on s'encourageait à l'audace. Les ricanements et les hurlements se croisèrent avec des courses, des bonds de côté, des exhibitions de canines, suggestifs.

Des branchages s'écartèrent rudement, du bois se brisa avec un fracas de tempête : il parut un mammouth au front bombé, haut de quinze pieds. La clairière lui plut, il y balança son grand corps, arrachant de sa trompe quelques herbes dans un caprice de colosse puéril, puis il se coucha, il vécut le demi-sommeil des grandes bêtes, le rêve coula par sa tête, l'intarissable flux des formes et des mouvements que sa prunelle avait bu au long de ce jour.

L'hyène et les chacals, tapis aux profondeurs basses des végétations proches de la clairière, firent tout à coup un recul considérable : une bête molle, lourde et disloquée se dégageait lentement des fourrés, arrivait à la lumière, un ours. Le mammouth paisible le regarda venir. Le plantigrade s'arrêta, consultant le proboscidien. Éveillé dans sa bauge auprès du fleuve, le tapage des chacals l'avait attiré ; à présent il comptait sur l'homme étendu pour son repas du jour et il espérait la neutralité de l'éléphant, le sachant tout pacifique en dehors des périodes d'amour. D'abord le calcul parut juste, l'éléphant marcha comme pour s'éloigner : mais, parvenu à dix mètres de l'homme, son attention se fixa, sa trompe tourna dans la direction du corps, il se rapprocha, flaira, regarda. Alors il barrit d'une façon menaçante, présenta ses défenses au féroce. Celui-ci eut la colère épaisse, aveugle et obstinée de sa race. Il grogna, se mit debout, à l'abri d'un peuplier, et la mimique de ses pattes griffues, le rictus de sa lèvre dirent sa soif de représailles. La trompe levée en demi-cercle, les défenses rasant le sol, tout son corps gigantesque arc-bouté puissamment, l'éléphant attendit...

C'étaient deux puissantes bêtes. L'ours avait ses bras velus armés de griffes colosses, ses canines, sa mâchoire musculeuse. Il pouvait, debout, saisir et étouffer. Sa peau épaisse, flottante, ne le gênait point contre les fauves, léopard et lion même, son poids le servait et ses gestes lents avaient des précisions terribles.

Mais la force du mammouth restait incomparable. Son petit œil, au rebours de celui de l'ours, voyait parfaitement, sa trompe merveilleuse dépassait en adresse et en muscle le bras de l'Anthropoïde, ses défenses tournées encercle, longues de dix coudées, trouaient, projetaient comme les cornes de l'aurochs. Tout son corps, sur les quatre colonnes des jambes, sous la fourrure rousse laineuse et la grande crinière noire médiane, apparaissait souple et facile à virer. Par les forêts, les savanes, aux défilés des monts, partout il était le victorieux seigneur herbivore, reliquat des colosses à trompe du tertiaire : Dinothérium, Elephas meridionalis, Elephas anticus. À trois, l'hippopotame, le rhinocéros et lui, ils représentaient la fleur de l'ère tapirienne, la faune monstrueuse nourrie du gluten de la plante, le triomphe des grands squelettes et des muscles massifs, le triomphe de la paix armée, la cuirasse, la corne, les défenses, la trompe, opposées aux rages carnivores, aux prompts moteurs, aux canines et aux griffes d'acier.

En face du plantigrade myope, le proboscidien se lassa le premier de l'expectative. Dans ce crâne baigné des grandes ondes du sang, l'ivresse des fureurs va parfois à la folie. Il eut un barrissement effroyable et se lança. L'arbre sauva l'ours. Il eut le temps d'y grimper à belle hauteur. De l'épaule, l'autre ébranla le vaste tronc, et il fallut au plantigrade ses griffes de trois pouces enfoncées dans l'écorce pour ne pas être jeté bas. L'éléphant s'acharna, et, tout à coup, l'ours lui tombait sur le dos. Les crocs entrèrent à la nuque, les ongles s'enfoncèrent vers les pavillons des oreilles. Mais le pachyderme se secoua comme une bête au sortir de l'eau tandis que sa trompe envoyait à l'ennemi le plus formidable soufflet ; l'ours tomba, roulé en boule dans sa fourrure ; saisi par la trompe, porté sur les défenses, il fut soulevé, lancé parmi le fouillis des lianes ; puis, comme la grande bête revenait sur lui, il se releva, s'enfuit pesamment.

Miséricordieux, l'herbivore acceptait ce dénouement, déjà s'en allait lorsque l'ours réaccourut et, cette fois, se ruant à l'aveugle sur la trompe, il l'égratigna et la mordit cruellement. Un barrit de douleur, le mammouth plia le jarret, puis hocha la tête. Cela fit perdre l'équilibre au plantigrade qui chut entre les défenses. La trompe l'y maintint d'abord, puis l'ivoire immense fouilla les entrailles, puis encore les grosses colonnes des pieds broyèrent la cage thoracique et l'ours exhala sa vie dans un suprême grognement. Quelques secondes le mammouth s'acharna, en furie, ensuite il projeta le cadavre loin de la clairière. Et l'hyène, les chacals eurent à manger.

Sa vengeance satisfaite, le proboscidien revint vers l'homme. De nouveau il le flaira, et se postant à cinq coudées il barrit longuement. La femelle parut avec le rejeton. Tous trois s'installèrent autour de Vamireh.

La nuit était proche maintenant. La grosse mouche bleue préhistorique à son tour cherchait l'abri des feuilles, les némocères partaient en nuées vers les eaux, le grillon reprenait sa vibrante ariette, les fourmis tramaient les ultimes fétus aux greniers souterrains. La cicindèle-larve dormait au fond de son puits, les nécrophores s'acharnaient à enterrer un cadavre de mulot, la flûtée des oiseaux s'éteignait par les branches et les corbeaux s'étaient envolés. Les rayons diffus, plus rouges, plus sombres s'attardèrent aux frêles sommets des carex et des gramens, puis ils foncèrent encore, n'éclairant plus de-ci de-là que des paillettes claires ; mais une phosphorescence se dégageait encore de l'herbe et les mammouths graves cueillaient ces dernières luminosités d'une prunelle tranquille, tandis que montait sous bois la clameur sinistre des chacals, les ricanements de l'hyène gorgés des chairs de l'ours gris.

Elle vint enfin, la grande ténèbre, elle épandit le manteau de son mystère sur la forêt et sur le fleuve, des lampyres brillèrent aux buissons, des phalènes aux ailes cotonneuses vaguèrent suivies par l'aveugle chauve-souris, la chouette soupira dans le creux des chênes, et l'on entendit la voix des fauves criant leurs meurtres triomphaux. Plus d'un léopard, plus d'une bande de loups, renifla les effluves de l'homme étendu ; mais nul n'osa troubler la famille invincible du grand mammouth velu, au front bombé.

Jusque quatre heures après l'aube, ils persistèrent à veiller. Alors Vamireh sortit de sa longue torpeur, rafraîchi et fortifié comme d'un bain en rivière par les jours torrides. Il se mit debout, il essaya ses bras et sa poitrine et, brusquement, perçut le départ des proboscidiens.

Ce départ se lia dans sa tête à l'aventure du matin précédent, il cria des paroles de bienvenue aux mammouths sans savoir tout ce qu'il leur devait. Il le sut un peu plus tard lorsqu'il découvrit le cadavre de l'ours aux os broyés, et son cœur s'émut gravement.

XIII

La tête

Après cinq jours de marche languissante, semée de continuels repos, une grande amélioration se marqua chez les blessés orientaux. L'étape du sixième jours fut sérieuse et ils purent espérer revoir le campement de la tribu avant la fin de la débutante lunaison. Premier debout, le chef n'avait jamais une plainte. Il supportait la meurtrissure de son épaule en robuste et stoïque vieillard dont les souffrances locales n'influencent pas l'organisme entier. Chaque soir, chaque matin, il visitait, pansait les blessures de ses hommes et la sienne, y appliquait les simples connus pour écarter l'inflammation et récitait des paroles plus bienfaisantes que le baume.

Le jour, silencieuse et farouche, Elem suivait la troupe ; mais elle s'éveillait fréquemment la nuit, se souvenait et pleurait. Le grand Nomade manquait à son âme de primitive ; la face blanche aux énergies douces, les larges épaules, les muscles impérieux. Et les colères, les allégresses, la supériorité intellectuelle de l'œil bleu, les préoccupations d'art et de travail, tout émouvait sa chair en fleur, émouvait les affinités des races aux mélanges propices. Elle soupirait d'amour, tandis que les heures tournaient au firmament, rêvait d'évasion avec la crainte d'être immolée par ses frères.

Déjà, ils prenaient ombrage des louanges qu'elle accordait au Pzânn lorsqu'ils la questionnaient. Le chef seul, interrogateur pensif, suivait une tranquille enquête. Les détails sur la force, l'agilité et davantage encore, sur l'industrie, l'art de l'homme fauve, sur les mœurs de la contrée lointaine, il les recueillait avec ferveur. Ses haines apaisées par l'âge se noyaient à l'attrait de l'énigme. Il regrettait que le grand homme blond n'eût pas été capturé. Peut-être savait-il jusqu'où s'étendait la forêt, d'où venait le fleuve, où la terre touchait au ciel.

... Plus féroces de mœurs, moins artistes que les grands Dolichocéphales des plaines occidentales, les Orientaux avaient de bonne heure accepté les hiérarchies saintes. Sur les terres fertiles de l'Est, ils avaient le rêve du pasteur, immobile et monotone. Leur organisation sociale était plus parfaite ; mais ces races n'avaient pas l'avenir des races plastiques, volontaires, travailleuses et individualistes d'Europe.

Nomades et chasseurs, les Orientaux tiraient déjà profit du végétal, ils préparaient des pâtes farineuses avec des graines diverses et réussissaient ainsi à augmenter leur stabilité. Des récoltes de foin leur permettaient de nourrir quelques troupes de chevaux et de bœufs asiatiques, maintenus prisonniers dans des enclos, car la bête à peine domptée se refusait aux domestications régulières et ne pouvait servir qu'à la nourriture.

Tout cela, et la fertilité des terroirs, rendait les courses des Brachycéphales d'Asie moins vastes que celles des Dolichocéphales d'Europe. Dans leurs forêts, une faune de transition habitait où se retrouvaient des espèces déjà émigrées de l'Occident, des variétés rares de singes, des chacals, des daims mêlés aux bêtes des steppes froides, mammouth, ours, hyène, aurochs, urus, bœuf musqué. Par les frimas commençait l'exode des singes, des chacals, des daims, vers les grands bois du Midi ; l'été les ramenait.

Aux Savanes de l'Est, les Asiatiques avaient fait alliance avec le chien dont les villages s'espaçaient largement, le chien moins vaincu que l'anthropoïde, fort de discipline et d'intelligence et qui menait avec l'homme la lutte contre les grands fauves, aidait à chasser l'urus ou le cheval sous réserve d'une part au butin. Comme l'homme, les chiens avaient compris le bénéfice des sociologies, ils avaient l'assemblée délibérante, l'armée mâle, les chefs blanchis sous l'épreuve du temps... Par les âges légendaires, ils furent l'ennemi terrible de la race naissante. Déjà le père du Néanderthal broyait la face du lion et domptait le Dinothérium aux défenses inversées, déjà la terre tremblait à sentir les pas ralentis d'un rêveur de la genèse civilisatrice ébauchée aux mondes de l'insecte, que le chien défendait encore son règne. Et qui pouvait prévoir l'issue, puisque l'anthropopithèque s'attardait aux groupements familiaux, à la horde primitive, tandis que l'autre confédéral ses tribus, élargissait la patrie, levait des armées, fortifiait ses villes et enseignait ses enfants !. ..

Les vieillards chenus, sagesse des tribus nomades, surmontaient l'instinct farouche, pleins d'émulation dans renseignement des connaissances, pénétrés du mystère des choses, tentant des explications primitives sur les phases de la lune, la course des étoiles. On leur devait l'alliance avec les chiens, et ils encourageaient les tentatives d'apprivoisement sur les insectes, les oiseaux, l'urus, le cheval, l'ours, le loup. Cela tenait une grande place dans leurs annales. Ils savaient le caprice des bêtes et que, si quelques-unes cèdent à la force, d'autres préfèrent la mort à la contrainte. Ils allaient à des distances considérables voir la tribu des Pluies où le sorcier Nadda élevait des abeilles, la tribu de la Lune où un jeune guerrier montait sur le dos des étalons, la tribu du Tonnerre où trois ours vivaient parmi les hommes.

Le chef oriental, à ces souvenirs, sentait croître son dépit de n'avoir pas connu Vamireh. Avec ces géants blonds, hardis et industrieux, combien la paix eût été préférable ! Les deux peuples lointains communiquant à travers la distance auraient élargi le patrimoine de l'homme. Les parages inconnus seraient explorés ; l'ouverture du grand abîme, le pays des éléphants cornus, la bête des eaux, le serpent monstrueux, tout ce que la légende contait depuis des siècles.

Il protégea la jeune fille. Non seulement il interdit toute violence à son égard, mais encore il lui accorda pleine liberté d'allures. De jour, de nuit, il la laissait errer, soit qu'elle prît les devants où qu'elle s'attardât, et il réprimait la mauvaise humeur de ses hommes d'une manière si ferme qu'ils n'osaient plus dire un mot. Elem fut reconnaissante au bon sorcier. Avec les jours son chagrin mûrissait tel qu'un fruit au soleil d'été. Dans la solitude elle levait les bras vers l'invisible, suppliait, priait. Ses yeux attentifs exploraient le fleuve, le fleuve ami où la barque du Pzânn durant des semaines l'avait emportée. La vue des plantes aquatiques, des brumes errantes à l'horizon l'enivrait et l'étouffait. Une soif de mourir, un profond instinct de survie, du sang trop rouge et trop vivant prêt à jaillir des veines, un esprit de révolte et de folie, ces choses, fondamentales encore à nos amours, la rendaient trouble, mortellement amante et désespérée.

Pourtant, au septième jour, il vint une accalmie.

Dans les brumes de l'aube, parmi les roseaux, elle crut apercevoir le canot de Vamireh. C'était loin et diffus, mais par toute son énergie de primitive, elle se persuada de la présence du Pzânn. Plusieurs fois, durant la marche, elle faillit se perdre à battre les fourrés, à s'attarder sur la berge. Distraite et songeuse quand arriva l'heure du sommeil, elle ne put dormir, et sous ses paupières entrecloses son regard fouillait la Ténèbre.

XIV

Reprise

Or, la nuit, tandis que la troupe dormait, le sorcier lisait, dans la flamme, le ruissellement éperdu de la vie des branches ; la flamme, nombreuse en êtres subtils et colorés, bondissants et crépitants, teinte de bleu fin, de jaune clair, de pourpre ; rase sur les cendres et court vibrante ; haute et onduleuse sur les ramilles, perdue dans des frontières de fumée qui, par endroits, s'allume et se déchire ; la flamme où surgissent mille chimères, des grottes, des forêts, de grands lacs rutilants, un monde fugace que des souffles inconnus attisent ou éteignent, un monde qui s'encolère et s'apaise et reprend plus furieux, dompté et redoutable, dévorateur de forêts soumis à la main d'un enfant.

– Salut, feu, dit l'Oriental, plus beau que l'onde ton ennemie, doux à la terre que tu fécondes, et doux à l'homme que ta caresse chauffe.

Il parut y rêver profondément. Peut-être y pressentait-il la grande merveille du futur, l'ère des métallurgies. Déjà, des parties de terre ou de pierre avaient fondu à la chaleur, on retrouvait dans la cendre de petits lingots solides. Chacun gardait soigneusement ces larmes de métal. Il en était de diverses couleurs, des jaunes, des grises, des blanches. À les frapper d'une pierre on leur donnait des formes, on les amincissait en lames ; mais ces lames étaient fragiles, ployantes ou cassantes, et personne encore ne pensait y voir le rival de la pierre, de l'os ou de la corne.

– Le feu coule dans nos veines, murmura le vieillard revenu à des mysticismes, et c'est pourquoi notre bouche fume comme un brasier où l'on répand de l'eau.

Il respira voluptueusement dans l'orgueil de cette pensée et son cœur fut large tandis qu'il contemplait la nuit. La lueur du foyer éteignait les étoiles zénithales, mais à l'horizon du fleuve elles scintillaient nombreuses et fines.

– Le feu de la lune, celui des étoiles, est un feu froid ainsi que le regard des hommes…

Il se tut. La clameur nocturne des futaies semblait moins haute. Très loin, un lion rugissait et sa belle voix guerrière sonnait des creux d'abîme, des échos de montagne, puissante et grave infiniment. Il ne régnait pas un souffle. Sur la clarté du fleuve partout des feuillées s'estompaient en masses lourdes, une angoisse venait de l'ombre.

Le vieillard eut le frisson de ces choses. Il se dressa. La lumière du bûcher éclaira tout entière sa silhouette trapue. Alors il parut s'inquiéter de voir Elem les yeux ouverts et il écouta : un bruit léger comme d'une bête rampante survenait des profondeurs obscures, il s'y joignit bientôt de brusques tressauts de feuilles, puis un très petit coup sec comme d'une pierre contre une pierre.

– Debout ! cria-t-il, l'arc tendu vers le point suspect.

Une flèche sortit du couvert, rasant la tête du chef, et les Orientaux étaient encore demi-étendus que, d'un bond, Vamireh se trouvait près de la flamme. À son tour, le vieillard décocha une flèche ; mais elle se perdit vers la gauche du Pzânn. Celui-ci, la massue haute, allait broyer son unique adversaire, lorsqu'Elem intervint, suppliante. Prompt, le grand Nomade se porta vers les hommes à terre et son geste disait clairement qu'il tuerait le premier agresseur. Se sentant vaincus, les Orientaux attendirent la loi de Vamireh. Le vieillard, sans crainte, regardait l'intrus. Il fit à ses hommes un signe d'apaisement.

– Parle et préfère la justice à la violence.

Vamireh comprit qu'il pouvait dicter ses conditions : sa mimique indiqua qu'il voulait Elem.

– Va ! dit le vieillard à la jeune fille. Mais pourquoi prendre de force la fille de nos tribus ? Que ton sang se mêle à notre sang, que la paix unisse les fils de la Lumière à l'homme des contrées inconnues.

Elem prit la main de Vamireh avec des paroles douces et l'entraîna vers le sorcier. Il se laissait faire, capté par la voix grave et digne de l'Oriental ; mais derrière lui les trois autres se levèrent brusquement avec des clameurs enthousiastes. Vamireh crut à une perfidie, saisit Elem et commença de fuir. À quelque distance dans la nuit il s'arrêta.

– Vieillard menteur, cria-t-il, ta voix chante la paix, mais ton esprit veut la guerre ; Vamireh te méprise.

Il armait son arc et visait. Elem de nouveau s'interposa : la flèche, déviée, s'enfonça dans les ténèbres. Alors, les autres s'armèrent ; mais Vamireh disparut tandis que le chef, triste, arrêtait la poursuite :

– Ne courez pas à la mort… Il n'a pu comprendre mes paroles et vos cris l'ont effrayé !

Le feu reçut de nouveau combustible, et pendant que la flamme brûlait clair, les Orientaux se rendormirent, affligés de cette scène où leur naïveté à se croire compris avait rendu inutile la prudence du chef.

XV
Renforts

L'aube s'élargissait par-dessus la forêt et le vieillard restait indécis encore. Il était désormais impossible de lutter avec certitude contre l'homme fauve ; sa force très supérieure achopperait le combat ouvert, toute embuscade échouerait devant sa prudence. On ne pouvait prendre du renfort aux tribus, distantes de plus de deux semaines de marche. Reconnaître le territoire ennemi, y mener au retour une armée ? Mais quelque obstacle infranchissable ne se dresserait-il point ? La forêt avait-elle une fin ?

Longues furent ses prières et les rites qui faisaient chanter sa pensée. Aux flammes pâlies des bûches, aux arabesques des ramures, son regard chercha le défaut de l'énigme ; mais il ne dit rien : la sagesse des Tribus veut que le chef prudent agisse sans faire hésiter le caprice inexpérimenté des jeunes. Il ramassa ses armes ; il étudia la direction de l'ombre, observa le vol de certains oiseaux, puis entraîna ses compagnons.

Tous connurent bientôt qu'ils marchaient vers le Sud. De grandes plaines s'étendaient par la jusqu'à de hautes collines, des plaines infécondes où de rares explorateurs s'aventuraient : c'était le territoire des chiens. Un peu plus au Levant, en six étapes d'une journée, on eût pu joindre des tribus amies. Les jeunes s'étonnèrent, mais sans une parole. La journée coula, rompue de brèves haltes. Jusqu'au soir, on garda l'orientation. La nuitée fut rude, une pluie torrentielle se déversa sur la forêt quatre heures avant l'aube. Le feu s'éteignit, les corps ruisselants grelottèrent à tous les souffles. Il fallut construire un abri et la lumière était déjà abondante avant qu'on repartît.

Fauves, les quatre hommes ne se parlaient plus. Une férocité émanait des choses : la pluie perçait tout ombrage, la terre enchaînait le pied dans des glaises lourdes, la rôderie des bêtes par les halliers menaçait âprement, une bande de loups à distance commença de suivre en prévision d'une agonie, les serpents se multiplièrent suspendus effroyablement aux branches. La crainte de l'hiver fouettait les appétits : il fallut disputer aux loups une biche abattue. La nostalgie des cabanes et des grottes filtra dans la poitrine des Orientaux, toute la grâce du foyer et du rêve les requit. Seul, le vieillard, impénétrable, courbait sa nuque sous les averses, acceptait le sort contraire.

La deuxième nuit fut surtout froide ; heureusement ils découvrirent un autre désert, à l'orée duquel ils parvinrent à tenir un feu de brindilles. De bonne heure on se remit en route et la mousse des arbres, des vols d'oiseaux dirigés vers les plaines suffirent encore à l'orientation. Elle se faisait moins sûre pourtant : des haltes nombreuses s'imposèrent. Les jeunes gens s'entreregardaient furtifs et sombres ; ils se tournaient vers l'Est avec obstination : vers la huitième heure, ils commencèrent d'échanger des paroles basses, et il apparut qu'un levain des révoltes les animait.

Cependant, toujours, le vieillard marchait, robuste et fier. Il lui arrivait de penser tout haut, gravement, et même de rire avec une sorte d'enthousiasme. Sagace, dans le primitif de ces âges, il semblait qu'il eût la vue lointaine et double, une voix révélatrice dans son intimité.

Le soleil, au milieu du jour, perça les nues. Une brume monta de la terre avec une senteur tiède très douce. Le vieillard étendit les mains, cria des prières vers l'astre, puis se tourna vers ses compagnons :

« Qui a le droit de se dérober à l'obéissance ? Si le Conseil veut ta cabane, tu dois ta cabane ; s'il veut ton bras, tu dois ton bras ; s'il veut ta vie, tu dois ta vie. Ne suis-je pas, malgré l'âge, le plus fort de nous et le plus avisé ? Vos cheveux n'ont pas blanchi et les Esprits ne vous parlent pas encore ! Courbez votre orgueil ou il vous adviendra de grands maux ! »

Alors le repentir et la terreur emplirent l'âme des jeunes ; ils se prosternèrent et connurent une fois de plus l'autorité de l'expérience. Le chef annonça que dès le crépuscule on atteindrait la lisière, ce que la présence des grands quadrupèdes migrateurs, amis de la plaine, confirma. La sécurité reparut et l'espoir, malgré la pluie, la forêt obscure où des fauves nocturnes erraient plus nombreux. Six loups périrent sous les flèches empoisonnées ; le reste s'éparpilla ; l'homme sembla reprendre le sceptre.

Mais les cataractes tombèrent plus dru, un vent impétueux se rua sur les arbres ; les bêtes surgirent de l'ombre, inquiètes, et le groupe des hommes, malmenés, redevint lamentable. Les loups se regroupèrent, le rire des grandes hyènes s'accentua sous bois. L'approche du soir doubla les voix hostiles, la clameur des vies haineuses. Les Orientaux prirent le trot. Le souffle des loups haletait derrière eux, le vent les aveuglait du vol des feuilles mortes. La paupière de la nuit chut rapide dans la tourmente. Alors le chef s'arrêta.

Le loup aux prunelles de phosphore fermait davantage son cercle. Il hurlait, ses lèvres levées sur des crocs aigus. On avait peu de flèches, le feu impossible. Il fallut bien se résigner à marcher de nuit avec d'infinies précautions. D'ailleurs, la lisière était le salut. Lentement, tenant les loups en respect à coups de sagaie, les trois Asiatiques poursuivirent leur chemin...

À la troisième heure des ténèbres, la neuvième depuis midi, ils aperçurent l'éclaircie s'ouvrant sur la plaine. Le chef formait l'arrière-garde, plein de résistance dans ses fibres sèches, médusant encore la horde confuse des loups, mais près de succomber.

Aux clameurs victorieuses des hommes, au loin, des abois répondirent. Les loups hurlèrent dans une profonde angoisse : puis on entendit une battue des halliers, le frôlement de centaines de corps invisibles, de brusques jappements et la défaite des loups, leur fuite au milieu des grondements de rage, des cris de massacre et d'agonie.

Alors, tranquilles, les Orientaux atteignirent la limite sylvestre : en troupe, sous la conduite d'un capitaine, les chiens alliés y attendaient leurs amis.

XVI
La pluie

On approchait de la période diluvienne d'été qui venait tous les ans couvrir le ciel quaternaire. Alors le vent fraîchissait, le froid souvent tuait la fleur ou le fruit sur la branche et d'immenses famines consécutives exterminaient les frugivores. Les rivières et les fleuves débordaient. L'homme cloîtré aux grottes du haut pays, approvisionné, hibernait, passait les heures à construire des outils et des armes.

Vamireh, en prévision de ces jours néfastes, pagayait tout le jour. Elem, soumise, conquise, aidait. De la chair d'élaphe cuite servait à l'alimentation. Il s'y ajoutait des fruits sauvages, des racines fraîches, des œufs dérobés aux nids tardifs. Vamireh veillait Elem tendrement et leurs nuits sur les berges fluviales avaient l'immense poésie des enfances. Ils vivaient bien abrités contre le torrent des pluies : le canot soutenu par quatre piliers servait de toiture, la peau du spelaea fermait le côté du vent, de larges ramures débordaient partout sur les côtés. Et ce fut en ces jours que le grand nomade d'Occident devint l'époux de la fille des Contrées inconnues…

La pluie crépitante, le grand bruissement de la forêt criblée par l'invasion des gouttes, déjà cela contait l'hiver et la joie du Refuge. La première froidure confirma le pronostic. Vamireh, dépouillé en faveur d'Elem, grelotta sous la bise précoce. Il dut dépenser la matinée du lendemain à découvrir quelque bête à fourrure. Un ours fut pris à l'embuscade, le cœur traversé d'un coup de sagaie. Sa cervelle, jointe à la cervelle et à la moelle d'un renne, servit à oindre la peau au préalable bien grattée, débarrassée de ses graisses et de ses tendons.

Dès lors, ils furent tous deux au chaud pendant le sommeil. Elem, ravie du confort, riait doucement, infiniment confiante. Mais Vamireh gardait le souci des grandes pluies proches. Elles rendaient la forêt inhabitable. Les fauves, plus agressifs, les hordes de loups aux faims dangereuses, allaient amplifier la lutte sous les halliers. Aux combats perpétuels les armes seraient brisées. Il faudrait, durant des semaines, séjourner en quelque grotte pour refaire des harpons et des sagaies, sans compter la rudesse nocturne aux campements volants, les féroces averses sous le ciel découvert.

Pour peu que le début de la période diluvienne fût doux, on atteindrait les grottes vers la fin de juillet, mais en se hâtant, en employant toutes ses journées. Vamireh n'y manqua : de l'aurore au crépuscule sa main vigoureuse tourna la pagaie. Malheureusement des avaries survinrent à la pirogue et il fallut dépenser trois jours à un soigneux radoubage. Enfin, on reprit l'eau. Le fleuve gonflé se teignait de limon, débordait déjà ses rives les plus basses. Le courant s'opposait davantage ; il fallait tenir la côte ; de gros troncs flottants menaçaient et de terribles algues embrouillaient leurs écheveaux.

Elem passait la grosse partie du jour enfouie sous la fourrure, dans la stupeur de l'eau filante. Le repas était sa principale occupation. Pour le prendre, on amarrait la barque dans quelque havre. Grâce à une provision de brindilles mise à couvert, le feu flambait assez pour achever de cuire une portion d'élaphe, un palmipède, un poisson harponné en route.

Le climat sec et froid des temps de la Madeleine aux steppes d'Europe, quoique adouci dans l'Orient méridional, comportait aussi, néanmoins, la subite reprise du froid avant l'équinoxe d'automne. Cette reprise donnait lieu à des migrations partielles parmi les singes, les daims, les chacals, les rongeurs, les oiseaux palmipèdes et échassiers. L'Anthropoïde, alors, reculait vers le tropique, tandis que les hordes du mammouth arrivaient plus nombreuses, et que les pères de l'éléphant indien, les fils du grand anticus de Chelles descendaient les monts.

Vamireh parfois arrêtait sa pagaie quand arrivait sur les bords du fleuve une troupe de daims ou de chacals en route ; mais il se passionnait véritablement pour l'exode du singe à quelque défilé où, par des îles, il pouvait de cime en cime gagner l'autre rive. S'écoulant par centaines avec des clameurs d'orage, on les voyait se balancer, bondir à vingt coudées, rattraper la branche et de nouveau bondir. Leur face grimaçait comme mue par des idées. Ils avaient des gestes tout humains, se grattant le front, s'épouillant, assis sur le derrière, épluchant du doigt et de la dent quelque fruit. Leurs oreilles bien ourlées, leurs yeux à la visée très droite, l'adresse, l'intelligence de leurs mouvements charmaient Vamireh à l'extrême.

Il arriva qu'une mère furieuse lança son petit sur l'herbe. Le jeune singe blessé gémit en vain ; les autres parurent peu soucieux d'encombrer leur colonne d'un invalide. Ému, le grand Nomade courut ramasser l'enfantelet.

Il le trouva geignant, ses paumes appliquées à la poitrine. Mis au chaud, des fruits proches, la bête fut gentille. Elle aimait dormir au giron d'Elem, s'installer sur l'épaule de Vamireh, puiser de l'eau dans sa main, quereller son image dans les flots, et rien qu'à la voir, mobile, pleine de caprices, attachée à de menus jeux, le cœur de Vamireh se dilatait.

Était-ce une race d'hommes-nains ? Sur ce point il interrogea Elem et sut qu'on ne leur connaissait pas de langage, qu'ils vivaient comme des animaux. Cependant elle parla de l'homme des arbres, constructeur de huttes, et Vamireh se souvint de l'être aux yeux d'ambre, aux cheveux rares, au corps velu rencontré naguère.

Un jour, à l'heure où le rouge indécis tremblant dans la clarté annonce le coucher de l'astre souverain, Elem poussa un cri, la pagaie du Pzânn cessa de remuer les flots. Sur la rive droite des hommes avaient paru. Ils étaient bas de stature, courbés, et sur leur visage une laideur triste et humble s'immobilisait. Armés seulement de l'antique massue, des cheveux noirs disposés par petites houppes leur descendaient jusqu'au menton.

– « Ce sont les « mangeurs de vers », murmura Elem avec dégoût. L'été, ils pénètrent aux Forêts et se nourrissent des bêtes molles cachées dans les coquilles ; au temps des pluies, ils descendent au bord de la mer et nulle tribu sacrée ne tolère leur voisinage !

En fièvre, Vamireh observait les « mangeurs de vers ». Leur mâchoire proéminait, leur front coulait en pente douce jusqu'à d'énormes arcades à sourcils, l'arrière de leur tête, démesuré, semblait trop lourd, leurs reins ne cambraient pas et ils s'étayaient sur la massue pour assurer leur marche. Quelque temps, parmi les plantes aquatiques, ils cherchèrent des racines, des fruits à pépins, et tous déposaient leur prise sur un tas devant le chef de la troupe. Déjà, au long de leur route, ils avaient amassé des mollusques univalves, des tubercules, des feuilles potagères ; aussi le tas était-il considérable. Quand le soir fut très proche, ils se groupèrent autour du chef et celui-ci distribua équitablement les vivres.

– Ils sont justes ! murmura Vamireh satisfait. Puis leur voyant allumer du feu, il céda au cri de son cœur, il dirigea vers eux la pirogue avec des gestes de fraternité.

Ils s'émurent d'abord ; mais le petit nombre des survenants les tranquillisa. Graves et silencieux ils contemplaient le grand nomade et sa compagne. La taille de l'homme, inconnue dans l'Orient, les stupéfia ; pourtant, ils furent prompts à sympathiser avec lui, tandis qu'ils gardaient une visible méfiance d'Elem où se retrouvait le type de leurs plus féroces persécuteurs.

Ils n'avaient pas de femmes parmi eux. Celles-ci, en hordes confuses, suivaient de très loin. Le printemps réunissait les sexes en des endroits traditionnels, puis les bandes mâles abandonnaient les bandes femelles pour l'été, l'automne et l'hiver. C'étaient des vaincus. Tôt jaillis de la matrice anthropomorphe du tertiaire, entrés dans les voies *externes* de l'humain par l'adoption d'armes, de méthodes sociales, trop loin du processus animal pour y rentrer brusquement sans faiblir, ils avaient perdu devant les cadets vigoureux l'espérance organique, cette force singulière qui abandonne le haut type du Rouge devant l'Aryen. Relégués, au surplus, dans les steppes arides ou à la profondeur des forêts, faibles, mal armés pour la chasse des rapides faunes sylvestres, ils tombaient de plus en plus à la phitophagie, adroits à découvrir les tubercules qui sont sous la terre, à reconnaître les tiges, les racines comestibles, s'approvisionnant du pépin de la pastèque, de la graine de l'hélianthe, friands de tout mollusque, passant l'hiver sur les côtes du lac Caspien ou de la mer Noire, à vivre de pêche rudimentaire.

Une bonté, un instinct adorable rendait la vie de l'individu précieuse à la masse ; la plus stricte égalité réglait les partages et chacun se dévouait pour sauver son frère de la griffe des fauves. Par là, ils étaient encore les maîtres du lion, de l'ours, du léopard et même de l'anthropoïde. Mais leur effroi des Brachycéphales, chasseurs des steppes fécondes, était immense ; ils avaient vu périr les leurs par milliers sous les flèches et les sagaies.

Jamais ils n'approchaient des campements ennemis à moins de six journées de marche et ils évitaient jusqu'aux groupes solitaires.

Vamireh les capta par son rire puéril, sa générosité à offrir les vivres de son canot : des tranches d'élaphe et d'esturgeon, des œufs de canard. Ces provisions furent encore soigneusement réparties, à la joie du Pzânn. Celui-ci ayant fait présent au chef d'une fourrure de renard, resta confondu de surprise lorsqu'il vit gravement déchiqueter cette fourrure et un morceau en être offert à chacun. Son large rire, ses essais de faire comprendre l'absurdité d'une telle pratique, induisirent les « mangeurs de vers » à quelque défiance, mais plus manifeste encore apparaissait leur terreur d'Elem et le dégoût éprouvé par la jeune fille, tellement que Vamireh décida, à regret, la séparation.

Il se réembarqua donc. Mais lorsqu'il fut loin, caché par les roseaux, il regarda longtemps avec des exclamations basses : les « mangeurs de vers » activant leurs feux se groupaient tout autour, et, après avoir construit en branchages une hutte légère où se glissa le chef, ils s'accroupirent sur les talons, en plein air, la face enfouie dans les genoux, les paumes sur la tête ; et le sommeil les prit ainsi.

Alors le Pzânn conçut une grande pitié pour le sort de ses frères inférieurs. Tandis qu'il atterrissait, le murmure de ses lèvres fut plein d'amertume. Il resta sombre durant le repas soiral, s'endormit tard. Levé avant l'aube, il assista au départ des « mangeurs de vers ». Il les vit traverser le fleuve à la nage et s'enfoncer dans l'Est. Lorsqu'ils eurent disparu, il soupira mélancoliquement, puis il éveilla sa compagne et mit sa pirogue à flot.

Quatre jours coulèrent dans le labeur du voyage. La nuit du quatrième l'ouragan déchaîna ses furies, des arbres s'abattirent avec fracas, l'eau du fleuve se souleva en vagues énormes, la forêt trembla toute. À l'abri, sous un plan de rocher, Vamireh dormit, résigné et paisible. Elem passa la nuit en prières, dans l'imploration de l'inconnu. La force insinuante sifflait à travers les halliers, courbait les hautes ramures et des voix confuses y lançaient des appels.

La tempête baissa vers l'aube. Le jour fut doux, du soleil vint parmi les nuées, la forêt revécut une vie humide et tiède. Le fleuve teinté de limon, large, abondant et tranquille, charriait les débris de la bataille d'hier. La descente vers la mer des poissons remonteurs de fleuve commençait. Ils filaient par bandes, très près de la surface, amincis, épuisés du travail de la fécondation. Elem, lasse, dormait ; Vamireh, le cœur allègre, pagayait vers la lointaine patrie.

Par les heures monotones, l'idée d'espace à franchir, le vertige de la course apaisait le cerveau du Pzânn. Il n'était plus guère qu'une volonté tendue, un organisme plongé au sommeil des fluides, l'eau, l'air ; les clapotements de l'une, la caresse sans fin de l'autre, endormaient sa chair, immobilisaient sa mémoire sur quelques mots, sur l'image de son père, de sa mère, de son vaillant frère Khouni ou de sa jeune sœur aux bonds de chevrette, sans qu'il parvînt à réaliser l'effort qui lie les choses et les crée parlantes.

Mais vers la sixième heure après-midi un phénomène inquiétant commença de se produire et toute l'attention du grand Nomade y fut attirée.

XVII
Les alliés

Des bêtes coureuses , légères : élaphes, daims, élans, arrivaient effarées au bord du fleuve et le traversaient. Elles formaient des bandes considérables en proie à la panique herbivore. Leur nombre croissant avec la chute du jour, des chevaux s'y mêlèrent et quelques urus.

Vamireh, béant, à cette fuite étrange en vain cherchait une cause simple : incendie, migration. Il cessait de pagayer, Elem murmurait des incantations. Et le galop des fauves s'accélérait. Aux cervidés, aux bovidés, aux chevaux, se joignirent des loups, des chacals, des renards. Le frémissement des halliers décela la course d'animaux mineurs : lièvres, putois, fouines et loutres. Enfin, parurent des carnivores : souples panthères, ours au pesant trot. Au loin, les singes clamaient le danger en vigies scrupuleuses, et cette clameur passait comme un ouragan dans les hautes frondaisons, franchissait le fleuve, s'épandait aux contrées inconnues.

Une belle nuit s'annonçait : aucune menace d'orage, aucun symptôme de météore ; mais, pareille à quelque élément prodigieux, la fuite des fauves remuait aux fibres de l'homme et de la femme les plus sinistres présages. Toutes les voix, dans la sérénité du couchant, vibraient de crainte énorme, semaient la contagion de la peur… Vamireh y perçut, non l'effroi de la bête devant la nature, mais l'effroi des êtres devant d'autres êtres, l'exode des races vaincues, le découragement d'une espèce devant l'espèce dominatrice.

Il fallait parer cependant à la menace extraordinaire, se fortifier contre l'écrasement par des menaces aveugles d'herbivores continuant leur course dans les ténèbres. Vamireh avisa vers le milieu du fleuve une petite île où croissaient des frênes ; il y dirigea son embarcation, y alluma de légers brasiers, se mettant ainsi hors d'atteinte immédiate et en excellente position pour tout voir.

Ni lui, ni sa compagne, après le repas, ne songèrent au sommeil. En aval, en amont, le flux des bêtes achevait de couler. Les unes risquaient la traversée de l'eau, les autres suivaient les berges, et cette seconde manœuvre avait la particularité curieuse de s'opérer inversement dans les deux directions ; les bêtes de l'aval filant vers l'aval, celles de l'amont suivant l'amont comme si elles eussent fui la zone de forêt qui venait expirer à peu près en face de l'île.

XVIII
Les « mangeurs de vers »

Les « mangeurs de vers » marchaient dans la direction du Grand Lac. Quoique assez tristes en général, leur furetage comportait de la gaîté au début des étapes. Ils s'éparpillaient alors et, la cueillette du matin restant individuelle, ils avaient des exclamations aux bonnes trouvailles, se montraient puérilement leur butin, truffes, escargots, racines sucrées d'ombellifères ou fruits aigres-doux...

Sous les houppes noires et longues des cheveux, avec leur museau saillant, la disposition de telles touffes de poils sur les joués, leur ressemblance allait plutôt à quelque chien qu'à l'anthropoïde. Leurs bras courts, leurs poitrines en carène, le vague abois de leurs rires complétaient l'analogie. Une légende courait d'ailleurs les tribus brachycéphales qu'il avait existé, qu'il devait exister dans l'extrême Orient une race d'homme-chien peu à peu détruite par les vrais hommes, par les fils de la bête des eaux, seuls légitimes possesseurs de la Steppe et de la Forêt, du Fleuve et des Grands-Lacs.

Ainsi jouant par les vastes fûts, se poursuivant à travers les fourrés avec leur ventre en outre pleine, leur dos curve, trottant parfois à quatre pattes, ils gardaient l'orientation d'instinct qui guide les bêtes émigreuses. La langue réduite à quelques sons disait la peur, la joie, la faim, la soif. Pour le reste, c'était la mimique animale et aussi la communication occulte, les flux sympathiques de la terreur ou de la colère.

Les vieillards guidaient, sans férocité, deux d'entre eux commandaient une avant-garde d'éclaireurs ; un autre, le plus vieux, fermait la marche. À la traversée des habitats de grands fauves, les chefs groupaient la cohorte d'un cri aigu. La massue prête, alors, on ne sait quel courage de solidarité leur faisait affronter sans frémir l'ours ou le léopard.

L'après-midi ils rassemblaient la provende commune, celle qu'on mangeait le soir avant de s'endormir. Chacun portait sa part de butin sans y mettre la dent. La répartition faite auprès d'un ruisselet ou de quelque source, ils mangeaient et buvaient sobrement, puis tous s'endormaient, recrus de leur journée, avec des songes aussi vagues que ceux du lion ou du loup grondant dans le sommeil.

Ils allaient. La Forêt humide versait sur eux son ombre. Graves et puérils, leur attention fuyait continuellement, leur pauvre rire s'allumait, s'éteignait comme les feux qui flottent aux marécages, leur vie s'épandait en courtes émotions, en ébauches de pensées, en artifices d'avorton à la mamelle, en linéaments de souvenirs et de prévisions. Que la pluie délavât leurs crânes durs, que le vent flagellât leurs nuques des verges du froid, que les épines fissent saigner leurs pieds, que les parasites par milliers forassent leur épiderme, ils acceptaient. Toute une hérédité de résignation s'accumulait en leur cervelle.

Depuis la venue de l'Homme aux longs bras, à travers les âges, ils avaient cessé de progresser : ils se conservaient. Rien n'était plus pour eux, la vaste Terre les dédaignait et, cependant, la Vie épuisait ses moyens, durcissant l'épiderme, érigeant des toisons sur la poitrine, glissant des feuillets de graisse autour des flancs. Mais le cercle des races rivales se fermait toujours davantage, et, certes, le pauvre homme antique devait moins durer que les bêtes carnassières, car il était désarmé par la longue crise de transition où les forces du muscle se résolvent et s'échangent contre les adaptations du monde externe par le cerveau.

Par les demi-ténèbres du sous-bois, ils avaient des compagnons d'exode auxquels ils s'étaient désaccoutumés de faire du mal : les bandes nombreuses du daim et du chacal filant vers le Sud ou le grouillement des rongeurs dirigés vers l'Ouest. Ils saluaient d'un long cri le barrit du pacifique éléphant oriental, le buccin des petits chevaux à grosse bouche dont les hordes militaires croisaient la leur.

La nuit du deuxième jour de leur voyage, le chef dormait dans sa hutte de ramée, le brasier nocturne allait s'éteignant, les Tardigrades accroupis se croquevillaient sous le froid, lorsque le cri du veilleur mit tout le monde debout. Le mot qui désignait le lion s'échangea et une grande terreur claqua les mâchoires. Mais le chef, groupant les plus énergiques, tous bientôt se serrèrent, le gourdin levé. La silhouette redoutable du lion entra dans la lueur des feux et s'arrêta une minute devant les clameurs guerrières des humains.

Mais, soit qu'il eût manqué sa chasse, soit qu'il préférât la chair du primate à toute autre chair animale, il se rasa, s'enleva en un bond prodigieux et tomba sur la horde. Ils avaient reculé, ils avaient ouvert leur troupe suivant une tactique millénaire et plus de cinquante massues s'abattirent sur le crâne, sur le mufle, sur les yeux, l'échine du fauve. Celui-ci se gara, se dressa et de trois coups de griffes renversa quatre ennemis. Les autres, animés à la bataille, se firent plus audacieux, les massues tombèrent plus véloces sur les narines saignantes, et l'hercule du groupe, d'un coup, brisa la patte de devant tandis que dix autres coups paralysaient les pattes de derrière. Vaincu, le lion essaya de fuir, mais, rendus féroces, les « mangeurs de vers » ne le permirent point. Ils se ruèrent d'ensemble, et tandis que les uns immobilisaient le félin, les autres tentèrent de l'étrangler. Ils n'y réussirent pas tout de suite et reçurent d'épouvantables coups, mais enfin le chef, ayant enfoncé sa massue au fond de la gueule ouverte, le lion se prit à râler ; farouches, alors, et vindicatifs, tous l'achevèrent.

Il se trouva que deux compagnons perdaient la vie dans cette aventure et que cinq autres étaient grièvement blessés. Les morts longuement pleurés furent déposés dans la fougère et les blessés eurent des soins attentifs. À l'aube, quand on reprit la marche, les plus atteints furent portés à bras. Les Tardigrades n'étaient pas sans orgueil, malgré leurs pertes, d'avoir une fois de plus mis à mal le redoutable antagoniste, et ils portaient allègrement la massue en échangeant des gestes de triomphe et de confiance.

La forêt leur parut meilleure. Leurs pieds nus rebondissaient plus vite sur le terreau, leur taille sans inflexion se tenait presque droite, leurs pauvres yeux de déshérités brillaient. Nul doute que, la victoire seulement possible, une expansion de sève eût élargi leur crâne ; mais les victoires restaient confinées à l'animal : comme une pression matérielle, comme une ligature des artères, comme une dégénérescence des poumons, la peur des Brachycéphales les recroquevillait, les immobilisait, les anéantissait, même de loin. Et le cercle de leurs idées se limitait ainsi que celui de leur habitat : soit qu'ils n'osassent penser ce qu'ils ne pourraient accomplir, soit qu'ils ne pussent penser ce qu'ils n'avaient accompli.

De l'aube fraîche jusqu'au tiers du matin, leur marche fut sans incident. Les bois très doux ne montraient que des faunes innocentes. Du soleil tiédissait l'humus des clairières. Au plus profond de l'ombre des rayons arrivaient, la chaleur distendait la vie, si bien que dans le plaisir universel ils se mirent à chanter.

Vers la moitié du jour, l'avant-garde de quinze hommes se replia vivement. On était dans une interminable chênaie. Tout le monde vivait de truffes ; les sangliers abondaient, en fuite devant les migrateurs, et des légions de mouches friandes volaient dessus les truffières. Allant, s'arrêtant pour fouir, l'avant-garde avait aperçu une famille d'anthropoïdes. Il était rare que ceux-ci eussent attaqué les « mangeurs de vers » ; surtout quand il n'y avait plus de femmes dans les colonnes ; au contraire, une sorte de fraternité animait le grand Singe et plutôt les Tardigrades avaient-ils trouvé en lui un auxiliaire précieux contre l'ours et les félins.

Un conseil fut tenu. On y décida d'envoyer une petite troupe vers l'Homme des arbres afin de l'assurer d'intentions pacifiques. Cette troupe, dûment surveillée, attira par des cris de joie et des marques de bienveillance l'attention des Anthropoïdes. Ahuris d'abord, ils semblèrent bientôt reconnaître des alliés ; ils le marquèrent par une gesticulation grave et en s'avançant avec lenteur. Quelques minutes plus tard les deux hordes étaient réunies. Les « mangeurs de vers » offrirent un repas de truffes, de pépins et de feuilles potagères. Les hommes des arbres acceptèrent ces choses avec plaisir, car leur régime était identique à celui des Tardigrades.

Puis les deux races déshéritées restèrent longtemps en silence, s'observant. Leur nature paraissait comporter un fonds commun de mélancolie et la mélancolie du grand Singe semblait plus lourde que celle du Tardigrade, comme proportionnelle à la vigueur du muscle, à l'ampleur de la poitrine. Aussi l'homme eut-il les premiers rires, les premiers jeux, tandis que le singe restait grave et méditatif. Pourtant l'un d'eux s'émut à une remembrance lointaine, venue par l'analogie des circonstances. Il commença de laborieuses explications. Penchés, les Tardigrades l'écoutèrent sans parvenir à le comprendre ; mais en d'autres anthropoïdes le souvenir parut germer, ils se joignirent au premier et la confusion ne faisait que grandir quand l'un d'eux s'avisa de ramasser des brindilles, d'indiquer le bondissement d'une flamme. Alors les « mangeurs de vers » virent qu'il s'agissait du feu et, plein d'orgueil, le chef tira de deux morceaux de bois sec les étincelles nécessaires. Quand vint la lueur, le dardement des langues jaunes parmi les volutes bleues, les « Hommes des arbres » restèrent une minute craintifs et effarés, tandis que les Tardigrades riaient très haut.

C'était la communion très douce de parias aux frontières de l'animalité, un plaisir réciproque à se pénétrer, et comme une curiosité de l'Esprit des choses à connaître les progrès accomplis par lui dans la disposition de la matière. Ils se quittèrent amis, – les Tardigrades fonçant dans l'Est, les Anthropoïdes se dirigeant vers le Sud, après s'être fait de mutuels cadeaux ; l'homme avait donné des massues au singe, le singe des œufs dérobés aux plus hauts nids à l'homme.

Et la séparation n'était accomplie que depuis trois heures, lorsque les « mangeurs de vers » virent les premiers symptômes de la fuite des animaux dont s'inquiéta plus tard Vamireh. Ce furent d'abord les hôtes ordinaires de l'habitat, des élaphes et des sangliers, aussi les Tardigrades ne s'en émurent-ils pas beaucoup ; mais quelques heures plus tard ils virent des compagnons d'exode, les daims, refluer en bandes considérables. Alors, saisis de panique, à leur tour ils rebroussèrent.

XIX
Sur l'île

Elem et Vamireh dans l'attente de l'évènement extraordinaire causaient. Les idées fondamentales de la langue des Brachycéphales, le Pzânn à présent les pouvait comprendre et exprimer. Mais il avait beau interroger la fille d'Orient, elle ne trouvait dans ses souvenirs rien qui éclairât la situation. Par son crâne superstitieux rôdaient les antiques légendes de la *Bête des Eaux* chassant tous les êtres animés hors des forêts afin d'en investir l'homme. Les animaux furent sauvés par l'*Éléphant cornu* qui règne sur les montagnes ; le *Serpent* rival de la Bête des Eaux et ennemi de l'homme lui opposa l'être immonde qui se nourrit de vers et que les tribus sacrées anéantiront...

Ces choses parlaient peu à l'esprit du Nomade et même le révoltaient. L'Homme ne vit-il point de chair et la Savane comme la Forêt ne seraient-elles misérables sans animaux ? Puis il ne pouvait concevoir une bête invisible ! Son doute ébranlait les croyances d'Elem, qui cependant persévérait à murmurer les paroles propices, à se couvrir elle-même et à couvrir son amant de pratiques religieuses, et il devait en être ainsi jusqu'à l'heure de la mort et plus loin même si le Destin lui accordait des enfants, car les choses mystiques, lentes à naître, sont comme le pigment des chairs ou la forme des crânes que seul le Temps transforme ou annihile.

Penchés sur le fleuve, ils attendaient la nuit. Elle traînait. Le crépuscule gardait une lueur éblouissante à la fois et pauvre, doublée par le reflet. Dans cette lueur la rive semblait très loin et pareille, sur la Forêt, à une frontière d'aube devant l'éternelle ténèbre. Là se mouvaient des bêtes fuyantes, leurs corps noirs délimités en traits vifs, les échines rondes ou infléchies, hérissées ou lisses, les têtes fines et longues ou grosses ou larges, les ramures pointues de l'élaphe, la vaste empaumure du daim, la crinière ondoyante du cheval, le tronc souple et serpentiforme de la loutre, le pesant dos bossu de l'ours...

Quand enfin la nuit fut proche, les arbres et le fleuve lentement engloutis dans l'ombre, un arrêt se marqua. Plus rares à chaque minute, bientôt il n'y eut plus que des bêtes lentes, insectivores ou carnassiers vermiformes fuyant un habitat proche. L'attention de Vamireh et d'Elem s'accrut alors et ils perçurent une rumeur très lointaine semblable au hurlement des loups ou à la plainte des chacals.

Presque au même instant parut sur la berge une troupe considérable de « mangeurs de vers ». Ils semblaient harassés, pliés en deux, couverts de boue et de sang. Ils transportaient à bras de nombreux blessés, et devant l'impossibilité de franchir le fleuve, avec ces derniers, ils restaient en détresse. Des éclaireurs d'arrière-garde surgissaient à chaque instant du couvert avec des gestes d'alarme, mais nul ne bougeait, nul ne songeait à traverser le fleuve sans les blessés, et beaucoup préparaient leurs massues stoïquement pour une lutte ultime, lorsque Vamireh sauta dans sa pirogue et la dirigea vers eux.

La troupe rencontrée quatre jours auparavant reconnut le géant blond et manifesta de la joie. Les autres, anéantis de fatigue, stupides, regardaient venir cet homme. Il atterrit, il fit signe qu'on transportât deux invalides dans son canot. Ceux qui se souvenaient de lui obéirent ; les autres, passifs, se confièrent au hasard. Vamireh fit une quinzaine de voyages ; alors tous les blessés se trouvant dans l'île, les autres la joignirent à la nage. Vamireh partagea avec eux ses provisions. Il tua à coups de flèches trois daims en fuite et un petit cheval à grosse bouche. Les « mangeurs de vers » rassurés allaient chercher les proies, et sur les indications du grand Nomade les dépouillaient succinctement. Vamireh s'émouvait pour eux, attristé du dégoût d'Elem, plein d'ardeur à panser les blessés, à indiquer à chacun son gîte pour la nuit, car les « mangeurs de vers », après le repas, croulèrent tout de suite au sommeil et Vamireh rejoignit sa compagne en observation à l'autre extrémité de l'île.

Ils causèrent à voix basse. Elem proposa de remonter le fleuve cette nuit même, mais Vamireh objecta l'ouragan de la veille, les troncs d'arbres charriés par l'onde brisant le canot ; il objecta aussi les « mangeurs de vers » qu'il avait sous sa protection. Elem se résigna. Elle prit place en un bon abri dans le canot couvert d'une peau d'ours. Quant à lui, il resta à veiller, alimentant les feux, achevant de dépouiller les bêtes abattues, de les couper par quartiers qu'il faisait ensuite cuire pour la conservation.

Les ténèbres avaient tout envahi. À peine si l'on pouvait distinguer les rives. De temps à autre il écoutait plus attentivement. La rumeur de naguère capricieuse, tantôt venue de droite, tantôt de gauche, se faisait plus distincte. Parfois aussi elle s'éteignait mais toujours ensuite on l'entendait plus rapprochée. Un léger vent faisait parler les feuilles, la flamme des brasiers rebondissait sur les facettes de l'onde ; à intervalles, le plongeon d'un corps et le souffle du nageur, puis le silence et la solitude sous un beau ciel constellé, sans lune.

Enfin une silhouette humaine parut à l'orée de la forêt, se mut confusément dans l'ombre et presque aussitôt une ondulation basse comme faite de centaines de corps en troupeau, un fracas de tempête, de retentissants abois gonflés par les échos, un débordement de vie et de vacarme rompant le silence de la Ténèbre.

Elem, éperdue, courut auprès de Vamireh et elle murmurait un mot inconnu du Pzânn, ayant distingué la voix du chien des grandes plaines stériles. Les « mangeurs de vers » eux aussi s'étaient réveillés et tous, à la lueur du brasier, cherchaient le Nomade. Lui, haut et grave, essayait de percer l'ombre, de se rendre compte de la menace qui faisait trembler Elem et les Tardigrades.

Durant leur retraite trop lente, les « mangeurs de vers » avaient été attaqués par les chiens. La Bête cependant, à l'ordinaire, respectait l'homme antique dont les bandes en migration traversaient les villages canins. Mais, à plusieurs reprises, les Asiatiques s'étaient servis de leurs alliés quadrupèdes pour traquer les tribus errantes et, dans la crainte d'une battue de ce genre, les « mangeurs de vers » s'étaient repliés rapidement. En route, ils avaient rencontré d'autres troupes de frères, de telle sorte que leur nombre se montait à plusieurs centaines.

Ils se défendaient d'ailleurs avec énergie, et presque toujours ils étaient parvenus à repousser leur terrible ennemi, lorsqu'à une demi-journée du Fleuve, après un long repos, ils furent de nouveau assaillis. Le nombre de leurs adversaires croissant toujours, ils avaient éprouvé dans cette dernière lutte des pertes considérables. De plus, convaincus, à la marche lente du quadrupède, que les Asiatiques le guidaient, ils avaient précipité leur retraite. Arrivés le soir au bord du fleuve, encombrés de blessés et affreusement las, ils n'attendaient plus que la mort quand Vamireh les sauva...

Surpris dans leur sommeil par le cri du chien, ils allaient au grand nomade comme au seul protecteur. Celui-ci rassembla les chefs. Il leur donna à chacun une place de combat sur les berges de l'île, les chargeant de grouper leurs hommes. Pour toute indication, il leva par-dessus sa tête une des antiques massues et l'abaissa sur un ennemi imaginaire. Cela fut très bien compris, et tous puisèrent du courage à la face exaltée du Pzânn, à ses beaux yeux brillant de fierté, à sa vaste poitrine élargie aux prévisions de la lutte. Il fit alimenter les bûchers, puis courut se remettre en observation.

La rive opposée resta peu de temps obscure : la flamme d'un vaste foyer l'éclaira bientôt. Alors, loin de cette flamme, presque aux frontières de la lueur rouge, Vamireh aperçut le chien. Elem le lui montrait avec insistance, disait son nombre et sa férocité quand il était conduit par l'homme, son organisation en villages, son alliance avec les Brachycéphales. Le Pzânn l'écoutait avidement. La lueur du foyer, moins fuligineuse, arrosait de clarté le quadrupède et, à le voir plus semblable à l'hyène qu'au loup, avec sa large mâchoire, sa taille élevée, sa souplesse, Vamireh comprenait combien il devait être un dangereux adversaire.

Mais son attention dévia, car une silhouette humaine s'interposait devant le feu et une voix montait au milieu du grand silence, planait sur le fleuve. Vamireh et Elem reconnurent la voix du chef oriental. Elle disait :

« Homme des contrées inconnues, écoute la parole de celui dont les cheveux sont blancs et à qui l'esprit de sagesse parle dans la solitude. Mes paroles veulent la paix. Alliés avec le chien nous pouvons cependant sans crainte envisager la guerre. Que pourrais-tu, homme de l'amont du Fleuve, contre les innombrables légions de la Bête aidée de nos flèches et de nos bras. Accepte la paix. Échangeons le sang de nos veines. »

Aide d'Elem, Vamireh comprit ces paroles. Entré à son tour dans la lueur d'un bûcher, il cria son acceptation.

« Le Pzânn te salue, vieillard. Il écoute la fille de ta tribu et il est prêt à échanger son sang avec le tien. Éloigne donc la Bête et que la vie des « mangeurs de vers » soit sauve ! »

Sur l'autre rive, les trois jeunes hommes s'étaient rapprochés et le groupe des Brachycéphales s'anima. Ils ne pouvaient fraterniser avec les fils du Serpent. Le vieillard penchait à la clémence, mais un fanatique exalté parmi les jeunes prêcha le vouloir implacable de la « Bête des eaux », la loi des tribus sacrées et tous, pleins de dégoût et de haine, se sentaient convaincus. De nouveau, le chef s'avance :

« Pourquoi l'homme frère prend-il le parti de l'Être immonde ? Qu'il laisse au chien, plus digne, cette proie.

Mais Vamireh se révolta :

« Le Pzânn n'oserait plus montrer son visage aux autres Pzânns s'il abandonnait ses alliés, le Pzânn veut la paix, mais il la veut pour tous ceux qui sont auprès de lui. »

Un nouveau conciliabule réunit les Orientaux et tous les jeunes, plus désireux d'une victoire que d'un développement pacifique, penchaient à la guerre. Le chef n'osa s'opposer directement, mais il dit la force de Vamireh, il dit aussi la gloire d'une expédition vers le Nord après l'hiver et la nécessité d'être en paix avec les peuples lointains.

Deux des jeunes gens parurent convaincus, tandis que le fanatique baissait les yeux dans son obstination. Même il s'approcha des rives et pointant sa flèche envenimée vers un des « mangeurs de vers » :

– Le Conseil dit : « Que jamais ta flèche n'hésite à frapper l'immonde. »

Et la flèche décrivait sa mortelle parabole, frappait le Tardigrade à l'épaule. Le cri de douleur de l'homme s'accompagna d'un cri de colère l'homme blond et d'une rumeur de désapprobation chez les Orientaux.

– Homme, cria le vieillard, pardonne à l'ardeur d'un sang trop jeune.

Mais Vamireh, secoué d'indignation, répliqua :

– Mon sang est jeune aussi et ne saurait pardonner la perfidie !

Déjà il avait armé son arc, et sa flèche imprévue frappait la poitrine de l'agresseur. Puis il courut auprès du Tardigrade blessé. Les compagnons suçaient le sang de la blessure, enlevaient ainsi le poison. Vamireh procura un quasi antidote, des feuilles alcalines dont il pressa la sève sur la plaie béante et qu'il appliqua ensuite tout humides.

Dans le camp des Orientaux le vieillard soignait le blessé. Celui-ci persistait à crier des injures aux « mangeurs de vers. » Tous étaient révoltés, en somme, que le Nomade eût frappé un Homme pour venger une créature ignoble.

XX

Assaut de l'île

La trêve fut longue. Les Orientaux avaient reculé leur brasier à l'abri des broussailles. Les chiens étaient invisibles, mais leurs hurlements sonnaient comme des foudres aux sous-bois. Les « mangeurs de vers » accroupis se rendormaient, à part quelques résistants vieillards. Vamireh fortifiait la retraite d'Elem à l'aide de grosses branches et préparait ses armes. La fumée des brasiers flottait sur l'eau parmi la pourpre des incendies. Nulle parole de paix ne s'entendit plus. Il parut que des deux parts on se préparât à la lutte prochaine.

Tout en travaillant, Vamireh veillait. Une fois il crut apercevoir la silhouette d'un Oriental qui, à quelque distance de l'eau, se dressait et disparaissait dans les fourrés : une fois aussi, une bande de chiens vint boire ; mais rien n'annonçait une attaque. Il espéra que le chef oriental attendrait jusqu'au matin et reprendrait les négociations.

Il venait de déposer auprès de lui sa douzième flèche enduite de poison, lorsqu'un mouvement rapide se produisit et qu'il vit grouiller la masse noire de nombreux corps sur la rive.

– Ehô ! Ehô ! cria-t-il, tandis que les veilleurs Tardigrades tiraient leurs compagnons du sommeil.

Là-bas, impétueux, les chiens plongèrent et on les vit venir par milliers, leurs yeux de phosphore dans des têtes humides et luisantes, leur immersion soulevant le niveau de l'eau aux côtes de l'île. Silencieux et terribles, ils nageaient avec intrépidité sous la grêle de pierres, d'os, de bûches qui les accueillait.

Vamireh, assuré qu'aucun homme ne se trouvait parmi eux, lâcha son arc et prit sa massue. Elem, armée d'une lance, pouvait défendre son abri. Les Tardigrades, encouragés par le Pzânn, montraient une très ferme attitude, campés par petits groupes, dos au centre, avec la place libre pour le jeu de leurs gourdins.

Avant qu'ils pussent atterrir, les chiens furent assommés si vigoureusement qu'ils reculèrent hors de portée. Mais bientôt on les vit se séparer en deux fortes colonnes dont l'une rama vers le point de l'île mal fortifié que Vamireh défendait seul, tandis que l'autre reprenait l'offensive directe. L'empressement des Tardigrades à couvrir leur sauveur faillit rendre cette tactique efficace. Mais Vamireh repoussa l'aide avec énergie, obligea chacun à réintégrer son poste.

À peine la colonne dirigée contre lui atteignait-elle la rive que déjà le massacre du Pzânn y semait la terreur. Sa haute taille, sa massue gigantesque, sa formidable manière de broyer les crânes, la rapidité de ses mouvements, sa voix autoritaire sonnant la plus haute humanité, cela parut faire sur les Bêtes une impression quasi superstitieuse. Prises de panique, hurlantes, en désordre, elles se laissèrent dériver. Cependant, la deuxième colonne avait réussi l'invasion sans parvenir pourtant à déconcerter la tactique des « mangeurs de vers », toujours réunis en groupes et se défendant sans faiblir. Les pertes du côté des chiens étaient considérables, et les Tardigrades avaient une vingtaine des leurs mis hors de combat. Au total, la Bête se sentait vaincue, lorsque des flèches empoisonnées, parties de l'autre rive, firent deux victimes. Cela jeta quelque frayeur et amena les groupes de la côte à se rapprocher du centre. Les chiens redoublèrent d'ardeur, et dans la minute le nombre des blessés humains s'accrut terriblement.

Cependant Vamireh, après sa victoire, avait perçu la présence d'Asiatiques lançant leurs flèches presque à découvert derrière les arbustes. À son tour, l'arc tendu, il dépêcha quelques flèches. Les Orientaux durent se retirer derrière les grands troncs d'où leur tir devenait aléatoire. Ils se contentèrent de crier des encouragements à leurs alliés quadrupèdes qui, répondant par des abois formidables, assaillirent plus vivement leurs ennemis. La situation tournait mal, d'autant que la colonne chassée par Vamireh avait pris pied à l'autre extrémité de l'île et amenait son renfort. Le pauvre homme tartigrade se vit perdu, son cri de guerre devint lamentable comme une plainte d'agonie. Mais le grand nomade d'Occident déjà apportait le secours de son bras, sa massue se frayait un large sillon parmi les mufles et les échines brisées. Et de toutes parts la Bête s'effarait, inquiète, reconnaissant dans cette voix et dans cette force la voix et la force des races victorieuses, si bien que les Tardigrades reprenaient l'avantage et que les chiens, rejetés à l'eau, regagnaient le camp des Asiatiques.

L'ivresse de la victoire attisait l'œil des « mangeurs de vers ». Tournés vers l'homme blond, ils chantèrent la mélopée du triomphe et Vamireh y répondit par de farouches clameurs. Sur l'autre bord, à l'orée des forêts centenaires, l'abois furieux des chiens et les malédictions des hommes d'Orient répliquèrent. La nuit fut pleine de ce tumulte, les échos en épandirent la terreur : les deux troupes ennemies y chantaient leur courage invaincu et l'annonce de nouveaux combats !

Les Tardigrades pansèrent hâtivement les blessés et les mirent, pour plus de sûreté, proche l'endroit où Vamireh campait avec Elem. Ils débarrassèrent l'île des chiens mis hors de combat dont les uns purent, en dérivant, atteindre l'autre bord, tandis que les autres achevaient de mourir.

Vamireh avait rejoint sa compagne. Encore pénétrée du dégoût des « mangeurs de vers », elle était restée dans son abri sans avoir eu besoin de se défendre. À présent, Vamireh disait la victoire, le nombre des victimes, la férocité des assaillants, les nouvelles luttes probables. Elle l'écoutait, rêveuse et triste de l'aventure, souhaitant la paix prochaine. Elle dit son espoir de négociations à l'aube et le Nomade l'approuva ; mais il se refusait à toute cession concernant les Tardigrades. Lasse, enfin, Elem s'endormit. Les trois quarts des « mangeurs de vers » dormaient également. Vamireh continua de veiller.

XXI
La défaite

L'heure passa ; la ronde des étoiles tournait aux profondeurs calmes du fleuve ; des chiens blessés hurlaient ; les feux des Orientaux flambaient derrière les feuillaisons, éclairant la torsion noire des branches, la frêle densité des hauteurs sylvestres.

Vamireh s'approcha du fleuve et quelques instants il y resta comme pour faire naître l'occasion de paroles conciliantes. Mais une flèche vibra dont il dut se garantir. D'autres flèches arrivèrent ; elles traçaient de lentes paraboles et retombaient presque toutes inoffensives vers le milieu de l'île. Le Pzânn les conserva, heureux de voir s'épuiser les munitions adverses ; d'ailleurs, les Orientaux ayant vite compris le désavantage de ce tir, le cessèrent. À leurs cris, à leurs excitations, les chiens reparurent. Leur masse grouilla sur la rive avec de furieux abois. Vague, une silhouette d'homme se dressa un instant parmi eux, puis s'accroupit ; une autre silhouette parut sur la berge, en observation ; enfin, une voix humaine s'éleva du fleuve, dénonçant un nageur. Le Pzânn conclut que, cette fois, les Asiatiques accompagneraient l'expédition.

Cela rendait l'assaut très grave. Il fit immédiatement éveiller tout son monde, arma six des plus subtils vieillards de harpons à pointes fixes et de solides sagaies, adjoignit pour lui-même une lance à sa massue et se posa en bonne place de vigie. Les chiens venaient de se jeter à l'eau. Tout de suite la présence de l'homme se révéla dans la nouvelle tactique : trois colonnes se formèrent, l'une dirigée lentement vers le front, une autre vers la pointe où se trouvait Elem, et la troisième, se laissant dériver, tourna l'île afin d'attaquer par-derrière. Alors Vamireh, désigneux de concentrer la défense, fit évacuer la pointe opposée à celle où il campait et fit garnir l'autre côté de l'île. Il s'arrangea de manière que tout le monde pût se replier vers lui au besoin. Puis, la lance en arrêt, il attendit.

On ne voyait pas les Orientaux. Leur but devait être de diriger l'attaque en n'engageant leurs personnes qu'au moment décisif, et rien de mieux pour cela que de tenir l'arrière-garde. Ils avaient probablement noirci leurs visages afin de les mieux confondre parmi les têtes de chiens. Les colonnes de front, à dix mètres du bord, attendirent, en se maintenant contre le fil, un signal de la bande arrière de l'île. Quand ce signal vint, l'armée entière donna, bien d'ensemble.

Le courage des chiens semblait accru. Le phosphore bleuâtre de leurs yeux irradiait la ténèbre et leurs crocs luisaient. Ils éprouvèrent, comme toujours, des pertes considérables avant de pouvoir prendre pied, mais, dès qu'ils y furent parvenus, nombre de Tardigrades aux premiers rangs périrent étranglés ; l'héroïque défense des autres, les centaines de chiens mis hors de combat, les sauva d'une catastrophe, et la lutte prit son cours normal avec des chances alternatives.

Au début, constatant l'absence du Pzânn, les Orientaux, au nombre de deux, s'étaient avancés et, à coups de flèches d'abord, avec des lances légères ensuite, ils avaient soutenu l'attaque. L'effroi du contact avait terrorisé les « mangeurs de vers » et nul doute que la déroute ne se fût mise parmi eux, si les six vieillards armés de harpons et de sagaies n'avaient courageusement attendu les Asiatiques. Entourés de suite d'un cercle menaçant, ceux-ci avaient compris l'imprudence d'affronter des armes enduites de poison. Ils avaient battu en retraite, et dès lors ils n'intervinrent plus que par des paroles et en tirant des flèches aux minutes opportunes.

Du côté de Vamireh les chiens, excités par des voix lointaines, avaient réussi l'invasion. Vamireh ne les attendit pas, il marcha contre eux avec tant de vigueur, sa massue et sa lance firent un si grand nombre de victimes que les animaux soutinrent à peine le premier choc et s'enfuirent, laissant à découvert un Oriental armé seulement d'une sagaie. Vamireh brisa d'un coup la hampe frêle de l'arme adverse, puis, saisissant l'homme à la nuque, il le jeta étourdi contre le sol, le lia, le donna en garde à Elem et courut au secours de ses alliés.

Ils tenaient victorieusement. Mais les hordes du chien, toujours renaissantes, encouragées par la voix des Asiatiques, s'acharnaient et l'on pouvait prévoir l'heure de la fatigue, mortelle aux hommes. Devant le cri de guerre de Vamireh tout recula d'abord, puis l'assaut se reforma, car les Orientaux, du fond de l'ombre, menaient plus activement la bataille et accueillaient l'arrivée de Vamireh à grand renfort de flèches.

Les six vieillards armés de harpons et de lances minces se groupèrent de nouveau et firent face hardiment, prêts à seconder toute manœuvre du grand Nomade. Lui, à l'avant-garde, essaya d'atteindre jusqu'aux Asiatiques.

Il ne put, car la bête s'opposa, très ferme, malgré les coups de massue. D'ailleurs, un incident survint qui pouvait avoir de désastreuses conséquences ; les « mangeurs de vers », qui défendaient la côte en arrière de l'île, refluèrent vers l'avant ; cela créa un début de panique et rendit indispensable la présence de Vamireh.

La lutte allait dans les ténèbres. Les Orientaux dispersaient les bûchers quand ils le pouvaient pour accroître le courage des chiens. Les Tardigrades abandonnaient les places obscures, se repliaient sur les feux allumés qu'ils entretenaient soigneusement. Là, gémissaient de nombreux blessés, fermant de la main des plaies affreuses. Ils avaient généralement la cuisse ou le mollet mordu, tandis que les morts montraient des gorges ouvertes, des ventres déchirés, et surtout la pourpre du sang s'animait à la lueur rouge des foyers, comme partout se mêlaient les clameurs belliqueuses aux détresses du meurtre, aux cris des vies perdues et les hurlements de la bête aux souffles rauques des Hommes. Des sous-bois obscurs la masse des chiens émergeait à la clarté intarissablement. Aux cris aigus des Orientaux, dominant le tumulte, ils s'enrageaient ; ils se faisaient assommer par centaines, mais ils pénétraient, mordaient, semaient la terreur.

Les « mangeurs de vers », déjà nerveux du contact des hommes des grandes steppes, et dont seule la présence de Vamireh entretenait la vaillance, voyaient par surcroît la lassitude venir, les bras moins prompts à soulever la massue, une tendance à se concentrer en groupes nombreux. Vamireh le perçut. D'un terrible effort, il se porta tout à fait à l'avant, forçant les chiens à reculer ; puis il fit signe aux vieillards armés de harpons et de sagaies de le rejoindre. Ils vinrent et les plus vigoureux parmi les autres les imitèrent. Ce petit groupe, solide, porta dès lors presque tout le poids de l'assaut, pendant que le reste massacrait les chiens trop avancés, parvenait à disperser les attaques de flanc.

Enfin le Pzânn, durant une accalmie, fit comprendre qu'on devait largement alimenter les feux et bientôt une rampe de brasiers protégea le gros de l'armée. Même la flamme monta, gagna des herbes sèches, des broussailles, des massifs, incendia des arbustes, si bien que, une fois retirés derrière cette barrière, Vamireh et sa troupe purent reprendre haleine.

Les Chiens eurent épouvante ; les Orientaux, sachant les mœurs de la Bête, résolurent de tourner la barrière et pour cela il fallait passer par la pointe de l'île, car des végétations trop épaisses protégeaient les flancs de l'ennemi, des végétations où les forces éparpillées se seraient appauvries. Vamireh, en prévision de ce mouvement, posta plus de trois cents Tardigrades aux principaux défilés ; ils essayèrent, sur son ordre, d'y allumer des bûchers en transportant des brandons qu'ils recouvraient de brindilles minces, mais ils ne purent obtenir de résultat avant l'arrivée des Chiens.

L'attaque du quadrupède, relativement molle d'abord, s'exaspéra à l'approche des Asiatiques. Beaucoup de « mangeurs de vers » trop las abandonnèrent leur gourdin et, retombés à l'instinct animal, se défendirent à quatre pattes, des dents et de la griffe. Chose curieuse, les Chiens s'inquiétèrent d'abord de ce mode nouveau ; mais peu à peu ils en tirèrent avantage, grâce surtout au nombre qui leur permettait d'opposer trois ou quatre des leurs à chaque homme.

À ce moment, Elem vint rejoindre Vamireh, et, plus que ses coups, ses paroles semblaient efficaces. Reconnaissant en elle la race amie, les Chiens étaient visiblement déroutés et il fallut l'intervention des Orientaux pour les ramener à la charge. Dans la bataille reprise, deux flèches rasèrent le crâne et l'épaule de Vamireh, puis il vint une sagaie qui troua la poitrine d'un Tardigrade proche du Pzânn.

Comprenant qu'on le visait du fond de l'ombre et qu'il n'en pourrait finir avec les chiens s'il ne parvenait à chasser les Orientaux, Vamireh, après avoir groupé à nouveau les « mangeurs de vers », après avoir recommandé à Elem de se mettre à l'abri et d'agir surtout par la parole, disparut dans les broussailles.

Il s'orienta à la voix des Asiatiques et après quelques minutes il se trouva près d'eux. Des chiens les entouraient, prêts à s'élancer. C'étaient des troupes quasi-fraîches tenues en réserve pour la péripétie. Ces bêtes flairèrent Vamireh et le dénoncèrent. Mais déjà il bondissait, il jetait le désordre par ses coups formidables et il arrivait sur les Orientaux. Ceux-ci, le vieillard et un jeune homme, s'enfuirent après avoir lancé chacun une sagaie et en abandonnant leurs flèches. Le Pzânn les joignit, leva sa massue ; elle retomba à vide, car prompts comme la panthère les autres s'étaient effacés. Au choc Vamireh perdit son arme. D'un coup de poing il envoya rouler le plus jeune de ses ennemis ; mais alors le plus vieux lui opposa une sagaie et leurs regards se croisèrent.

– Va, dit Vamireh, je sais que tu es bon, je n'aimerais pas de prendre ta vie !

Le chef ne répondit point, il continua de reculer, la sagaie en arrêt, jusqu'au moment où il vit son compagnon debout ; alors il se reprit à fuir. Le Pzânn précipita sa course, gagna les Orientaux de vitesse, les obligea à rallier la côte, jeta le plus jeune à l'eau, s'empara de la sagaie du vieillard et le contraignit également à se mettre à la nage.

À cette retraite des hommes, les chiens hurlèrent en détresse. Le désarroi gagna les meutes lointaines. Vamireh y aida en poussant de victorieuses clameurs. Encouragés, les Tardigrades prirent l'offensive ; les meutes refluèrent en désordre, bientôt en déroute ; le Pzânn et ses alliés restèrent maîtres de l'île.

Un millier de chiens avaient péri et les Asiatiques n'étaient plus que deux !

XXII

Le feu

L'île brûlait. Le vent poussait la flamme de telle sorte que l'on pouvait camper sans péril à la pointe où se trouvait l'abri d'Elem. Tous les Tardigrades s'y massèrent, y installant leurs blessés. La jeune fille, émue du courage de ces pauvres hommes et des services qu'ils avaient rendus à Vamireh, avait vaincu ses dégoûts et aidé à panser les blessures. Sur les tristes mufles appesantis de lassitude une expression de joie courait, comme des rides sur un étang, au passage de Vamireh ou de sa compagne. La plupart s'étaient endormis dans leur attitude favorite, et à travers le lourd sommeil, ils restaient vivre le cauchemar de la lutte, poussaient des cris, aboyaient sourdement, levaient d'entre leurs bras des faces frénétiques, avançaient des mâchoires lourdes.

Vamireh avait retrouvé l'oriental captif. Après des efforts persévérants mais inutiles pour rompre ses liens, l'homme avait atteint en roulant le bord du fleuve dans l'intention de s'y jeter et de gagner l'autre rive. Il avait alors hésité devant la violence du courant et avait voulu au moins ronger les courroies qui serraient ses jambes. Mais ce travail n'avait pu aboutir avant l'arrivée du Pzânn.

Des flammes montaient, trouaient la nuit. Des vols d'oiseaux nichant aux hautes branches traversaient la lueur, les étoiles disparaissaient derrière les volutes de fumée qui, éclairées d'en dessous, apparaissaient blanches, ombrées comme des nues, pleines de trous de perspective, profonds comme des abîmes. Sous le vent, cela prenait un fil, s'allongeait en écheveaux ondulés, s'abaissait, palpitait en choses vivantes, ou, aux phases d'extinction, faisait naître le brusque effroi d'une chute de grosses roches, d'une pluie de cendres épaisses, d'une condensation solide de la ténèbre. Dardantes, les langues pourpres reprenaient vite, tout altières de vaincre ; elles emportaient dans leurs torsions les crépitements des fibres sèches, les explosions des sèves surchauffées et, à leur sommet, les étincelles retombaient abondantes et languissantes un peu, ainsi qu'une bave en gouttelettes, une rosée de colère meurtrie et s'apaisant. Au miroir de l'onde, tout se conjuguait : les symétriques de la flamme onduleuse, les fumées et la montée des braises fictives joignant la chute des réelles.

Lorsque la furie légère des gaz en ignition quittait un massif, emportant les étoffes fines de la vapeur, les arborescences se dessinaient en grimoires pâles avivés à des souffles inconnus, grésillants à tout ressaut de la brise, et comme traversés d'ondulations alternativement lumineuses et obscures. Aux profondeurs touffues, l'incendie couvait, bas, lent et lourd sous d'âpres flocons de fumée humide, puis criait, éclatait, s'élançait, mordait les branches minces et les feuilles racornies, flambait sur les herbes séchées, frôlait longtemps les gros arbres, et brusque, se dispersait en gerbes détonantes où ses forces semblaient mortes.

De leur campement, derrière les massifs, les Asiatiques regardaient brûler l'île. Leur situation n'était guère brillante. Ils avaient vainement essayé de mener le chien à une troisième attaque. Leurs armes étaient perdues, sauf celles du blessé qu'il fallait réserver pour des défenses ultimes. Inquiets, en outre, du sort de leur frère disparu, et avec la perspective d'être abandonnés par le chien, les jeunes voyaient l'anéantissement proche et regrettaient de ne pas s'être confiés à la sagesse du chef. Lui, fataliste, plein de résignation, ne disait rien, courbé vers le feu, sa figure très grave tendue par des tristesses. Humbles, les autres lui parlèrent, disant leur désarroi, la nécessité de s'entendre avec l'ennemi. Il les écouta, longtemps silencieux, puis :

« Jeunes hommes, la sagesse du conseil, transmise du père au fils, veut que la paix soit proposée au début de la guerre, alors que l'armée est forte, que les destins sont inconnus et qu'il n'en peut résulter d'humiliation. Mais elle enseigne qu'il faut mourir à l'heure de la défaite, et ne point s'exposer aux sarcasmes du vainqueur. À l'heure de la paix vous vouliez la guerre, à l'heure de la guerre vous voulez la paix. Il se peut que notre ennemi, chez qui tout annonce la sagesse avec le courage, préfère la certitude d'une entente aux hasards derniers d'un combat. Le feu l'obligera peut-être à quitter l'île et, s'il doit parler, il parlera alors. Sinon il faudra nous préparer à la victoire, à la mort ou à la fuite. »

L'aube, lilas très pâle, teignait l'Est. Le feu plus ardent et comme craintif du jour où ses splendeurs seraient noyées, bondissait aux cimes en flambées plus hautes, mugissait ainsi que les troupeaux du buffle assaillis par les fauves, ou crépitait, sec et cruel, en petits chocs, en petits cris, pareils aux nuées bruissantes de la sauterelle destructrice des gramens, aux légions acides de la fourmi en marche sur les villages. Ses hélices claires de reptile embrassaient les grands troncs, atteignaient les feuilles recroquevillées d'abord, dévorées ensuite et qui tout incandescentes ballottaient à la brise matinale, en papillons de lumière, en essaims de guêpes folles.

Il faisait très chaud ; inquiets au travers du sommeil, les Tardigrades reculaient davantage vers la pointe extrême de l'îlot. Vamireh, rêveur, contemplait l'incendie. Il avait assuré son canot, ses armes ; Elem dormait dans l'abri. Le petit singe se tenait accroché à des branches, éveillé comme son maître et tout épouvanté de la lueur et du bruit.

Pourtant, à la défaite des grosses branches fouillées par le feu, les flammèches devenaient plus massives. Elles décrivaient des courbes étroites, avivées au vent de leur chute, palpitantes ainsi que des étoiles, et, tant qu'elles n'étaient pas tombées on les eût cru souples et vaporeuses, mais elles frappaient le sol, très rudes et pétillantes, avec des jets colères d'étincelles.

Le Pzânn avait délié les pieds de l'Oriental et interrompu le sommeil d'Elem afin qu'elle pût lui servir d'interprète :

– Demande à ton frère, dit-il à la jeune fille, s'il ne croit pas l'heure venue de faire la paix.

– La mort, dit l'Asiatique, ne saurait m'effrayer !

– Je sais que tu es brave, fit Vamireh ; mais celui-là n'est pas un lâche qui se sauve en sauvant ses frères !

– Les miens ne sont pas vaincus !

– Non, dit le Pzânn, mais ils ne sont plus que deux et la bête a appris à nous craindre !

Il vint une longue pause durant laquelle l'Oriental réfléchissait.

L'aube montait d'un degré, la fine teinte de lapis passait à la turquoise, un demi jour aqueux régnait où l'horizon du fleuve était dévoilé. Partout les arbres, le ciel, les rives basses parurent d'une fraîcheur extrême en regard de la sécheresse vibrante du feu. Le Pzânn envia de reprendre son voyage à la face verte de l'onde, de remonter le fleuve géant avec ses forêts, ses roches, les embouchures larges des rivières, le mugissement des cascades, la voix mince des cascatelles, le ruissellement fouetteur des rapides, l'ombre des passes encaissées ou semées d'îlots, la clarté des chenaux vastes... Cependant les flammes achevaient la cuisson féroce, pâlies dans la lumière naissante, convulsionnées en grosses langues ou épandues en tissus délicats accrochés aux rets grêles des ramilles.

Loin, aux profondeurs sylvestres, on entendait l'aboi des chiens en chasse et cela tira l'Oriental de sa méditation. Il vit que Vamireh aussi se rendait compte de l'absence de la bête et de la facilité d'un coup de force dans le camp ennemi.

– Que veux-tu de moi ? demanda-t-il au Pzânn.

– Que tu parles à tes frères, répondit celui-ci.

L'Oriental se leva, suivi de Vamireh et d'Elem et marchant jusqu'au rivage de l'île, il lança le cri d'appel des tribus :

– Ré-ha ! Ré-ha !

Le chef brachycéphale sortit aussitôt du couvert accompagné du jeune homme valide :

– Notre frère est-il captif de l'« Homme des contrées inconnues ? »

– Il est captif.

– Vient-il nous demander aide ou vengeance ?

– Non, l'« Homme de l'amont du fleuve » demande la paix.

– Qu'il délie donc tes mains, car le conseil veut que tu parles de ces choses en homme libre.

L'Oriental transmit à Vamireh le désir du vieillard. Le Pzânn hésita une minute dans la crainte d'une perfidie, puis, sans mot dire, il défit les liens. Le captif ne bougea point, très grave, élevant seulement ses bras au-dessus de sa tête.

XXIII
Retour

Par les défilés des îles, sous l'ombre des arbres et par les vastes chenaux clairs, le petit canot allait remontant le courant gonflé par les averses. Elem et le petit singe y jouaient ou y dormaient tandis que Vamireh ramait au long du jour.

La paix a été conclue avec les Orientaux. Le chien a regagné les savanes arides à l'orée des forêts ; le pauvre homme tardigrade a pu achever son lamentable exode vers le Grand Lac. Les Asiatiques se sont ouvert la veine du bras et leur sang a été mêlé au sang de Vamireh. Au nom des tribus sacrées le vieillard a répudié toute guerre et Vamireh a parlé de la paix au nom des grands nomades occidentaux. Au printemps de l'année prochaine, à la troisième lune après l'équinoxe, les Pzânns enverront trente chasseurs choisis parmi les plus intrépides, avec Vamireh pour chef, et ces hommes viendront chercher un nombre égal de leurs alliés conduits par le sage vieillard.

Que le vent soulevât l'onde en vagues écailleuses, ou que la pluie la criblât de trous et la couvrît de petites bulles sautantes, toujours le canot marchait vers le Nord, depuis l'aube jusqu'au crépuscule. Le bramement des cerfs, le barrit du mammouth, la voix grondante des lions saluaient au passage la petite barque frêle et l'homme ennemi. Elle allait, ils allaient, par les défilés des îles, sous l'ombre des arbres, par les vastes chenaux clairs.

Et Vamireh songeait aux « mangeurs de vers », à leur profonde tristesse quand vint le moment de la séparation, aux mufles lourds, au vague aboi de leurs rires et de leurs pleurs, à la gratitude infinie de leurs prunelles, et comme ils étaient restés longtemps près de lui avant de pouvoir se résoudre à partir. Du haut d'une petite éminence il avait salué leur départ d'un cri d'amitié et ils y avaient répondu par leur humble mélopée de marche. Pertinaces dans l'union fraternelle qui seule les maintenait debout devant les grands fauves et l'anthropoïde, ils emportaient leurs blessés.

Par les défilés des îles, par les vastes chenaux clairs, les semaines s'ajoutèrent aux semaines, parfois le soleil versait sa douceur ardente, ou se levaient les quasi bises, l'âpre fouet de l'hiver, ou s'abattaient les rafales éperdues. Il fallait s'abriter dans les havres, dans les cavernes propices et perdre des jours entiers jusqu'à l'éclaircie.

Mais Vamireh avait la poitrine gonflée d'un gros orgueil, car il avait vaincu les embûches de la nature, l'agression des bêtes féroces et l'attaque ingénieuse de l'homme. Il réentendait, aux brasiers du soir, Tâh, le vieillard de cent-vingt hivers contant l'écroulement des montagnes, la déchirure du sol, l'abîme buvant les grands lacs. Il se voyait plus grand que Harm. L'histoire de son voyage, aux soirs tièdes, murmurée par les centenaires ferait tressaillir le cœur des jeunes : les pièges du fleuve, la perversité des reptiles, la férocité des fauves, l'Homme des Arbres, la Contrée nouvelle, les Hommes trapus, Elem, les Mangeurs de Vers. Et ils diraient, les vieillards, qu'il faut un vouloir invincible pour vaincre la nostalgie, l'effroi des longues solitudes !

Encore les sourires du ciel et les rudes averses, le fleuve vert ou limoneux, le courant plus raide, les rapides et les cascades et toujours la barque, alerte au retour avec Elem joueuse ou endormie et Vamireh tournant la rame.....

On sentait les pluies proches, les pluies sans fin. La tribu, réfugiée aux grottes du haut pays, ne quitterait pas les Savanes de « l'Orient méridional » avant le milieu de l'automne et Vamireh retrouverait Zom et Namir ses ascendants, ses vaillants frères et sa jeune sœur aux bonds de chevrette. Humble, devant les vieux, il leur présenterait l'épouse lointaine.

Par les défilés des îles, sous l'ombre des arbres et par les vastes chenaux clairs, au déclin de la Magdeleine, lorsque le pôle du Septentrion gravitait vers la brillante du Cygne…